えへへ
誕生日プレゼントは
私だよ
亜梨栖
お前
なんてエロいんだ――
コミック◎みやま零

あんなにナマイキだった義妹が……
またお兄ちゃん亜梨栖の胸見てたでしょ！
ああんお兄ちゃんのコレおいしい……
くっ…
しゅっ
しゅっ
こんなにMでキレイに変わるなんて

ああ
もっと亜梨栖を
奴隷にして……っ!
たぷ
じゅぷ
じゅぽっ

あぁん！
ビュッ
熱…っ
トロ…
ねえ
亜梨栖のこと好き？
くうぅぅ！
好きに決まってるじゃん！

My妹
わかつきひかる
illustration © みやま零
美少女文庫
FRANCE SHOIN

プロローグ　義妹はワガママ小悪魔系

秋川俊也《あきかわしゅんや》は自分の部屋の前で固まっていた。

開いたままのドアの向こうにベッドがある。その上に、セーラー服の女の子がうつぶせに寝転がっていた。

彼女が着ている制服は、俊也が通っている高校のセーラー服だ。

膝を立て、真っ白なソックスを履いた足先を空中でぶらぶらさせている。ヒダスカートはお尻の上までめくれあがっていて、ぬめっとした光沢を持つ太腿が剝きだしだ。縞模様のショーツが包むぷにっとしたお尻の丸みがはっきり見える。

肘を立てて上半身を浮かしているため、セーラー服の襟もとは見えない。セーラー服の上着から特徴的な後ろ襟へとつづくラインは、ふんわりやわらかいカーブを描いていた。スレンダーなタイプではなく、むちむちっとした身体つきをしている。

彼女は、ポッキーを食べながら、コミック雑誌を一心不乱に読んでいる。漫画に夢中の女子高生は、部屋の主である俊也の帰宅さえも気づいていないようだ。

ツインテールに結んだ黒髪に顔が隠されているため、どんな表情をしているかわからない。あるいは気がついているのに、知らないフリをしているのかもしれない。そういうことをしそうな女の子なのだ。

枕もとに雑誌が乱雑に置かれている。

アニメ絵の女の子がにっこりしている漫画雑誌の表紙が見えた。彼女が読んでいる漫画の正体に、俊也はようやく気づいた。

俊也がこっそり愛読しているエロ漫画だ。目立たないようベッドの下に隠しておいたはずなのに、すべて引っ張りだされている。

——最悪だ……。

俊也が提《さ》げていた学生カバンが落ち、廊下の床に当たってボコンと間抜けな音をたてる。

ベッドの少女が顔をめぐらせて俊也を見た。ぴかぴかの笑顔を向ける。

「あーっ。お兄ちゃんだぁー。お帰りなさい！」

俊也のベッドの上でエロ漫画を読みながらくつろいでいた女子高生は秋川亜梨栖《あきかわありす》。

俊也のひとつ違いの妹だ。

実の妹ではなく、一カ月前に俊也の父と亜梨栖の母親が再婚し、できたばかりの義妹である。

「ご、ごめんっ！　すみませんっ」

俊也は部屋のドアを後ろ手に閉める。ドアに背中をもたれかけ、弾む息を整えた。心臓のバクバクがとまらない。

——ここ、僕の部屋だよな……。

俊也は周囲をこわごわと見まわした。

引っ越して二カ月が経過し、他人の部屋に入ってしまったようなよそよそしさがようやく薄らいできたばかりだが、確かに自分の部屋だ。妹の部屋に、間違えて入ってしまったわけではけっしてない。

「もう、お兄ちゃんっ。ドア開かないじゃないっ！　どいてよっ。私を閉じこめるつもりっ!?」

トーンの高い甘い声が部屋のなかから響き、ドアが内側からバコバコ動く。

「ご、ごめんっ」

俊也がドアの前から飛び退くと、部屋から出てきた妹は、片手に持ったポッキーをタクトのように振りまわしながらぶつくさと文句を言った。

「邪魔なのよねッ！　もうっ」

「ごめん」

亜梨栖がつんと小さな顎をあげ髪を手で払うと、リボンがふわっとひるがえり、フローラルシャンプーの甘い匂いを放った。

顔立ちそのものはかわいい系のバランスなのに、キラキラする大きな瞳と形のよい鼻梁《びりょう》、ぽってりした小さな唇が驕慢《きょうまん》そうな雰囲気を演出している。

中肉中背の俊也と違い、亜梨栖は小柄でふっくらした体型をしている。高校一年になったばかりでまだ身体がセーラー服になじんでいない感じで、どこかしっくりしていない。

とくに、セーラー服の胸もとはぱっつんぱっつんになっていて、三角襟のところが弾けてしまわないかと心配するほどだ。

義妹の胸についつい目を奪われてしまう。

――Eかな、Fかな……。

いやいやブラジャーのカップというのは、アンダーバストとトップバストの差だとどこかで読んだ。ぷにぷに体型の亜梨栖の場合、アンダーバストもそれなりにあるはずだから、Dぐらいだろうか。この大きさではCでは絶対に収まらない。

「どこ見てるのよ？　お兄ちゃん？」

「ご、ごめんっ」

「お兄ちゃんの漫画本、元通りにしておいたからね。あれってエロ漫画だよね、エッチだねー。アレがアレしてアレをアレに入れるんだねー。ティーンズ雑誌よりはっきりくっきりどっきりだねー。はじめて読んでびっくりしちゃったぁっ」

貧困なのだか豊富なのだかわからない語彙《ごい》を駆使しながらきゃあきゃあとはしゃぐ亜梨栖を前にして、俊也は穴を掘って入りたい気分になった。

「ねえ、お兄ちゃん。KスポットとかGスポットってなに？」

「知るかよっ！」

ついつい声を荒げてしまったところ、亜梨栖は、ビクンと肩をすくませ、うっと声をつまらせた。

そして、瞳をうるうるとうるませたあと、しくしくとしゃくりあげはじめた。

「そ、そんなに怒らなくていいじゃない……。怖いよぉっ。お兄ちゃぁんっ」

——またかよ……。

これは亜梨栖の常套手段《じょうとうしゅだん》。都合が悪くなったら泣きマネをしてごまかしてしまう。

ほんとうに涙が出ているので、はじめはマネだとわからなかった。

はじめて泣きマネをされたとき、おろおろして謝罪し、ようやくのことでごきげんが直ってほっとしたとき、ぺろっと舌を出しているのをたまたま見てしまった。

比喩《ひゆ》ではない。ちゃめっけたっぷりな仕草で、ニコニコ笑いながら、ほんとうに肩をすくめて舌を出していたのだ。

だが、亜梨栖は俊也が気づいていないと思っているのか、俊也が本気で怒りだしそうになったとき、実に見事なタイミングで泣きマネをしてのける。天性の魔女、あるいは小悪魔だとしか思えない。

「しくしくっ……ひどいよぉっ、お兄ちゃぁん……っ、ぐすんっ」

「ご、ごめんっ。悪かった。許してくれっ」

泣きマネだとわかっているにもかかわらず、女の子の涙は根拠のない罪悪感を俊也に与える。

「ごめんつってるだろっ、ごめんって」

「うわぁあっんっ」

「わあーっ、亜梨栖っ。泣かないでくれーっ」

自分は悪くないにもかかわらず、ついつい謝罪し、亜梨栖の顔色をうかがってしまうお兄ちゃんであった。

4月28日 芽生え～15歳のエッチなカラダ

「お兄ちゃん。おしょうゆ取って」

「あー。お肉ーっ、私食べるー。いいでしょ。お兄ちゃん。その真ん中のところ私にちょうだい。代わりにはしっこの脂《あぶら》のところあげるね。栄養満点だよーっ」

「私、セロリ嫌いっ。匂いと食感がヤなの。お兄ちゃん食べて」

食卓に亜梨栖のにぎやかな声が弾けている。

夕べの食卓を囲むのは俊也と亜梨栖、それに義母の由梨子《ゆりこ》だ。父親の姿はない。中間管理職になったばかりの父は多忙を極めていて、夕食の時間に帰ってこれたためしがない。

俊也は、義妹の指示にハイハイと立ち歩き、お肉の脂身をお皿からもらい、真ん中のミディアムに焼けたおいしいところを奪取する亜梨栖のお箸《はし》を漫然と眺めている。

——亜梨栖って、昔は素直だったのになぁ……。変われば変わるもんだよな。

メーカー勤務とはいえサービス部に所属する父親は典型的な転勤族で、二年とか一年の短期間で転居を繰りかえしていた。海外勤務もあり、そのたびに俊也は日本全国津々浦々《つつうらうら》、香港《ホンコン》、マニラ、シンガポールと渡り歩いてきた。

この町に来たのはほぼ十年ぶり。その地区にひとつあるサービスステーションの所長としての栄転なので、もう転勤はありえない。

ついの住みかとして購入した、賃貸や社宅ではないマンションで暮らしはじめて一カ月ほど経過したとき、父が突然結婚すると言いだした。

父の部下が事故で担ぎこまれた病院に、義母の由梨子が外科医として勤務していた。それがきっかけで知り合って恋愛に発展し、結婚という事態に転がった。

そして俊也には、母親と妹ができた。

亜梨栖とは昔、保育園が同じで、よく一緒に遊んだ。昔はすっきりと瘦せていて、素直でかわいい性格で、妖精みたいな女の子だと思ったものだ。

こんなにむっちむちの身体をした、あつかましい女の子に成長するなんて思わなかった。

「もう、亜梨栖、いい加減にしなさい！　脂身だとかセロリだとか、なんでもかんでも俊也くんに押しつけちゃダメッ!!」

見かねた義母が、メッとばかりに叱りつけるが、亜梨栖は少しも悪びれず、唇を尖《とが》らせた。

「だってぇーっ。お兄ちゃんってやさしいんだもーんっ。私のお願い、なんでも聞いてくれるもん。昔っからそうだったもんっ！　ねー、お兄ちゃん。これも食べて」

亜梨栖はお箸の先で、サラダに入っているチーズをより分けて俊也の皿に入れていく。

「亜梨栖っ！　お兄ちゃんはポリバケツじゃないのよっ」

「だってぇ。チーズなんてカロリー高すぎ。太っちゃう」

――僕はポリバケツかよ……。

由梨子は笑顔はやさしいのだが、責任ある仕事をしている女の人にふさわしく、小気味のいい口調で話す。

女性にしては高い背も、すっきりしたプロポーションも、母親というよりは頼れる姉貴という感じで、ベタベタしていないところがいい。

だが、それだけに言葉がキツイときがあり、口べたな俊也はしゃきしゃきした母親ときゃぴきゃぴの妹の前で黙りこむことが多い。

「今は骨とか身体ができる時期だから、ダイエットしちゃダメよ。選《え》り好《ごの》みせずにしっかり食べなさい」

「ダイエットなんかしてないよーだ。ねえ、お母さん。GスポットとかKスポットとかってなに？」

　俊也は、飲んでいたお茶を吹きだしてしまいそうになった。亜梨栖に見つけられてしまったエロ漫画は処分した。義妹が『キャー、こんなのを読んでるなんて、お兄ちゃんって最低っ、フケツ！』というタイプではなかったのが唯一の救いだが、内緒の楽しみを妹にチェックされるのは気持ちのいいものではない。

「さあ、なにかしら？　スィートスポットみたいなもの？　なんで知った言葉なのかな？　辞書引いた？」

「引いたけど載《の》ってなかった。お兄ちゃんの漫画雑誌からだよっ！」

「どんな漫画？」

「うーんとね。裸でとっくみ合いしてうーうーうなる話が載ってた。こう、こう、こんな顔して、こんなふうにして押さえこむの」

　亜梨栖は、顔をしかめて眉根を寄せ、両手をひろげてつっぱりのポーズを取った。

「お相撲《すもう》漫画が載っていたわけね？　スポ根ものかしら。そうなるとやっぱりテニス用語ね？」

　義母は、顎に手を置いてフンフンとうなずいている。

　俊也は青くなったり赤くなったりしながら、事態のなりゆきをはらはらしながら見守っていた。

「今から仕事だから、休憩時間にネットで調べてみましょうか？」

「わー、うれしいっ。お母さんありがとうっ!!」

亜梨栖は無邪気に顔を輝かせている。

——うわーっ。やめてくれーっ。調べないでくれーっ！

「義母《かあ》さん。今日、夜勤だろ？　早く行かないと間に合わなくなるんじゃないか？」

「あっ。俊也くん。ほんとだわ。言ってくれてありがとう。そうね。そろそろだわ。片づけは二人でしなさい。俊也くん。亜梨栖を甘やかさないでね」

義母はバッグを提《さ》げると、車のキーをぶらつかせながらあわただしく家を出た。

「私、もうお腹いっぱい。ごちそうさま。お兄ちゃん。後片づけお願いね」

「一緒にやろう。僕が洗うから、亜梨栖が拭けばいいよ。なっ？」

「えー。やだぁ。私、これからテレビ観るの。この番組、みんな観てるんだよ。私だけ観なかったらいじめられちゃう。私ってかわいいし、美人だから、いじめられっこタイプなんだよねー」

亜梨栖は唇を尖《とが》らせてぶうたれると、クッションを抱えてテレビの前に座りこむ。

こうなってしまうとなだめてもすかしても動かない。

俊也はポリポリとアタマをかいた。

義理の母と妹ができる、しかも、義妹は、子供の頃に一緒に遊んだ妖精みたいな幼なじみだと知り、踊りだしたいぐらい喜んだのに、こんな結果になるなんて思わなかった。

俊也が汚れた食器を流し台へと移動させているとき、お笑いタレントのにぎやかな話術と、義妹の明るい笑い声が聞こえてきた。

——まあ、まあ、いいか……。亜梨栖がニコニコしてるんならそれで。

無邪気な亜梨栖と、てきぱきして明るい義母がやってきてから、男やもめの陰気な暮らしがぐっと明るくなった。空気の色まで違って見える。

亜梨栖は、妹ものの漫画によくあるように、けなげな女の子ではけっしてないが、よく弾むゴムマリみたいでかわいらしい。

トーンの高い甘い声でお兄ちゃんと呼ばれるとゾクゾクしてしまう。

家事は嫌いではない。ひとり暮らしも同然の生活をずっとつづけていたせいで、ひととおり家事ができるし、むしろ炊事洗濯が気晴らしになるタイプだ。

俊也は、にまにまと笑いながら、三人分のお茶碗を洗っていた。

☆

俊也は、亜梨栖の部屋のドアをノックしながら声をかけた。

「おーい、お風呂できたぞー」

返事がない。

時間を置いてから再度ノックし、声をかける。

「おーい。早く風呂に入ってくれーっ。僕も風呂に入りたいんだ」

俊也は、お風呂を亜梨栖のあとにしている。一カ月前まで他人だった女の子と暮らすのだから、当然の配慮だ。亜梨栖が風呂に入ってくれないと、俊也はいつまで経っても風呂に入れない。

「おい。亜梨栖？　どうした？　ドア開けるぞー」

返事がないことに不安になり、遠慮がちにドアを開けた。

亜梨栖が壁に背中をもたせかけ、お腹を抱えて座っていた。ぐったりして顔色が悪い。

「どうした。貧血か？」

「ん。お腹、痛くって……ダルイし……力が出ないっていうか」

「入ってもいいか？」

「いいけど……」

　亜梨栖はどことなくイヤそうな顔をした。女の子の心理としては、義兄とはいえ自分の部屋に男が入ってこられるのはイヤなのだろう。

　亜梨栖の部屋は、いかにも女の子らしいかわいい内装で、レースとフリルとぬいぐるみがやたらと目立ち、甘い匂いに満ちている。コロンとかではない。義妹の体臭と、フローラルシャンプーの匂いだ。

　くるくるとよく動く瞳が、俊也を見あげた。座りこんだままの亜梨栖のおでこに手を当てる。イヤがるかなと思ったが、じっとしている。おでこはひんやりしていた。

「平熱みたいだな。お腹が痛いんだよな？　胃薬、持ってきてやろうか？　ひどいんなら病院行くか？」

「ん、いらない。平気……」

　そのとき、ぐぎゅるるるっと大きな音が響いた。亜梨栖のお腹の虫の音だ。

――あ、そうかぁ。こいつ、あんまり食べてなかったな……。

　カロリーが高いからチーズはイヤだの、セロリは匂いが嫌いだの、選《え》り好《ごの》みをしていた。食べたのは肉の真ん中のところを少しと野菜だけだ。ご飯はお茶碗一杯食べきることができず、毎度毎度残しているので、小食だと思いこんでいた。

――腹痛は空腹か……。

体から力が抜ける気分になった。

亜梨栖は顔を真っ赤にして両手をバタバタさせている。おろおろしているところがかわいい。

「や、やだっ！　こ、これは違うもんっ」

「ダイエットしてるんだろ？　身体に悪いぞ」

「違うもんっ。ダイエットなんかしてないもんっ！」

「晩ご飯で食べたのは、野菜と肉の真ん中のところ二人分と、ご飯を半分だけだろ。腹が減って当然だと思うけどな」

「お、お腹なんか、へ、減ってないもんっ！」

俊也は、うーんとうなって、ポリポリと頭をかいた。

亜梨栖は、身体にぴったりしたカットソーとミニタイトスカートを着ている。保育園のときみたいに、フリルのワンピースを着ているところは見たことがない。

「なあ、亜梨栖、昔、フリフリのワンピース、よく着ていただろ。今はどうして着ないんだ？」

「嫌いになっただけだもんっ」

——そうかなぁ。

亜梨栖の部屋はフリルとレースとぬいぐるみで埋まっている。嫌いになったとは思えない。

——フリルとレースはほっそりしてなきゃ似合わないってことなんだろうな。こいつ、体型、そうとう気にしてるんだ……。

思春期の女の子が体重を気にするというのは知識としては知っていたが、そんなこと、悩むほどのものではないのにと思ってしまう。

「今のままでかわいいのに……」

つい言ってしまったところ、亜梨栖はきょとんとした顔で俊也を見あげた。

大きな黒い瞳が、じっと見つめている。

軽いことを言ってしまった俊也を、らしくないと思っているのかもしれない。

「なにか食べたいものがあるか？　僕が作ってやる」

「ん、と……そうだね。プリンが食べたい。お兄ちゃん、作れる？」

「レシピがあったら作れると思うけど、冷やすのに時間がかかるから買ってきてやる。亜梨栖は先に風呂に入れ。あ、そうだ。牛乳でいいから飲んどけよ、な？　空腹がまぎれて、胃の痛いのがなくなるぞ」

「うん。そうする」

亜梨栖がぱっと立ちあがった。空腹がまぎれると言ったのがポイントになったようだ。

気持ちの切り替えの早いやつだと思って見ていると、膝から崩れるようにふらついた。

「危ないっ」

つい手を出してしまったところ、手に乳房のむにゅっとした感触が当たった。

「きゃんっ」

「うわっ」

次の瞬間には、俊也の胸板に義妹が倒れこんできた。偶然とはいえ、抱き寄せる結果になった。

乳房が密着する。プリンよりももっとぽよぽよした弾力が、俊也の体を押す。甘い匂いとぷりぷりの感触、それにほんわかと温かい身体の感触がドキンとするほど悩ましい。ゼリーかババロアを人の形に固めたみたいだ。

本人は太っていると気にしているみたいだが、亜梨栖の身体はぷりぷりで抱きしめていると気持ちがよく、なんてやわらかくて温かいんだろうと思ってしまう。

とくに最高なのは乳房の感触だ。服越しとはいえ、よく弾むゴムマリみたいな質感に、直接に触ってみたいと思ってしまう。

「や、やだっ」

亜梨栖は腕を振りほどくと、バッと後方に飛び退いた。おどおどと俊也を見ている。

抱き合っていたのはほんの数秒だったはずだが、股間が充血して痛いほどだ。亜梨栖も真っ赤な顔をしておろおろしている。

「ご、ごめんっ」

「わ、私、お風呂入ってくるっ!」

「僕はコンビニまで行ってくるから、ちゃんと牛乳飲んでおけよ」

「うん。わかった」

亜梨栖は、パジャマを抱えて部屋を出ようとして、落ちたパンティを拾おうとして飛ばし、あたふたしている。

——ひょー。かわいいっ。ほっぺが真っ赤だっ!

マセた女の子だと思っていたが、顔を赤くして照れている義妹はかわいかった。そうとう動揺しているらしく、真っ白なショーツをパジャマにくるみ、うまくいかなくてあわてている。

亜梨栖は廊下に出てからくるっと振り向き、俊也に向かってぴっと親指を立ててみせた。にやっと笑っている。なにかイタズラを思いついたときの顔つきだ。

「お兄ちゃん。内緒にしてあげるから、プリンはお兄ちゃんのおごりねッ! これで貸し借りなしだからねっ」

「貸し借りってなんだ?」

「だってさっきの、Bでしょ？」

「えっ、な、なんだよっ。B、なんでB？」

「お兄ちゃん。私のおっぱい揉んだでしょ。おっぱい揉むのってペッティングだってティーンズ雑誌に載《の》ってたよっ。私ってば、Aを飛び越えてBを体験しちゃったぁっ。お母さんに言っちゃおうかなぁっ～」

「あ、あれは違うっ、当たっただけだっ！」

「コンビニのじゃなくて、ゴンドラのプリン・アラモードがいいなっ。ゴンドラの閉店九時だから間に合うよねっ。自転車はダメだよ。形が崩れるから。歩いていってねーっ」

ゴンドラは家の近くのケーキ屋さんだ。ホテルの厨房《ちゅうぼう》を引退したパティシエが家族で経営しているこぢんまりした店で、おいしいと評判だが値段も高い。プリン・アラモードだと七百円ぐらいするだろう。

「わ、わかった。買ってくる」

「二個買ってきてねっ。一緒に食べようっ。お兄ちゃんっ！　私だけ太るのはイヤだから、お兄ちゃんも太ってねっ」

「亜梨栖は太ってないよ。それに、もうちょっとぐらい太っても、亜梨栖だったらかわいいよ」

ただでさえ赤かった亜梨栖の顔が、さらに赤くなった。

「よかった？」

「なにが？」

「私の抱き心地、よかった？　って聞いてるの」

俊也は手を開いたり閉じたりして、おっぱいを揉むポーズを取った。

「おうっ、抱き心地最高だっ！　このむにっとした感触が……。バカッ、なにを言わせるんだよっ」

亜梨栖がきゃははっと笑いだす。

「いやもうっ、お兄ちゃんったら、やらしーんだからっ。鼻の下が伸びてるよーっ」

「そ、そうか？」

手の甲で鼻の下をこするアクションをすると、亜梨栖はさらに笑いだした。

おかしくてたまらないとばかり身体をふたつに折って笑い転げる。

「お風呂行くねー。入ってきちゃダメだよーっ」

「入るかっ。バカヤロッ。おい。パンツ。落ちたぞっ」

廊下に落ちたショーツを拾って投げると、真っ白なパンティがひらひらと空中を飛び、亜梨栖の手がはっしとつかんだ。

恥ずかしそうに目を伏せるところに、元気いっぱいの義妹らしくもない妙な情感が漂う。

「よく飛ぶパンツだな」

「あははっ。そうだね」

亜梨栖は、にまにまと幸せそうに笑み崩れると、ぺろっと舌を出し、小さく肩をすくめた。

☆

――そうかなぁ……。私って太ってないかなぁ……。

亜梨栖は、お風呂あがりのホコホコした身体を、ベッドのなかでゴロゴロさせていた。テディベアの模様のパジャマは胸もとが窮屈そうに盛りあがっている。

自分の身体を抱きしめるが、パジャマの薄い布越しに感じるむちむちぷりぷりした手触りは一年前にはないもので、やっぱり太ったとしか思えない。

――あいつ、ちょいプニどころか、ブスデブだよなぁ。走るより転がったほうが早いんじゃねぇの。

いやなセリフが耳のなかで甦《よみがえ》り、亜梨栖はあわてて耳をふさいだ。中学のときの同級生に言われたセリフだ。ゾッとするほどイヤな言葉だ。

子供のときはスレンダーだったのに、初潮が来て、身体がふっくらしはじめると、あれよあれよというちに太ってしまった。

食べるものに気を使っているので少しはマシになったはずだが、それでもスレンダーだとは言い難《がた》い。

——お兄ちゃんも、太ってないとは言ったけど、痩せてるとかスマートだとか言ったわけじゃないもんね……。

俊也が、子供の頃の亜梨栖の服装を覚えていたことがうれしかった。プリンをおごってくれたこともうれしかったが、そっちのほうがずっとずっとうれしい。

子供の頃、一緒の保育園に通ううち、感じのいいお兄ちゃんだな、こんなお兄ちゃんがいたらいいなと思っていた。十年ぶりの再会を経て、義理とはいえ本当の兄になった。

同居をはじめて一カ月になるが、義兄と一緒の時間を重ねていくことは、うれしいような困ったような気分で、背中がモゾモゾして落ち着かない。

——お兄ちゃん。カッコよくなったなぁ。

俊也の身長は決して高くない。顔立ちも平凡で、普通を絵に描いたような存在だ。だが、俊也はやさしい。誰よりもやさしい。

それに兄といると楽しい。反応がおもしろいから、ついつい兄をつつきまくって遊んでしまう。

――私の抱き心地、よかったってホントかな。

亜梨栖は両手をクロスし、乳房に自分の手のひらを置いた。

「んっ……」

鼻にかかった甘い声がもれた。若い乳房は感じやすくて、ほんのちょっとした刺激でさえも、ゾクッと来る戦慄に変えてしまう。

夕方、義兄の手が亜梨栖の乳房をかすめたときも、痛いほどの刺激にふるえた。甘痛い衝撃がズウンと来て、身体全体が痺れてしまった。当たったところはまだ熱い。

「お兄ちゃん……」

とっさに支えてくれただけとはいえ、抱きしめてもらえたときはうれしかった。

俊也の胸に頬をつけ、男の子の汗のさわやかな匂いを嗅いだとき、このまま時間がとまればいいと思ったほどだ。

「はぁ、あぅ……んっ、くっ、ぅう……」

若い乳房は、机の角が軽く触れたり、ボールが当たっただけでも、前屈みになるほど痛むときがある。感じやすい乳房を、痛みを感じるギリギリで、そうっといじっていると気持ちがいい。身体が熱くなってくる。

「あんっ……もっと……んっ」

もどかしくなった亜梨栖は、パジャマの前ボタンをひとつはずした。胸のところをひとつはずしただけなのに、ぴっちぴちに張りつめている胸もとは、内側からの圧迫に耐えきれなくなってしまったかのようにボタンがぶつっとはずれてしまう。

寝るときはブラジャーをつけないので、パジャマに押さえつけられていた円錐形の大きな乳房が、ぷるりんと揺れながら飛びだした。みぞおちとお腹だけボタンをとめ、乳房の下まで胸をはだけた感じになった。

——やだな。乳首、尖《とが》ってる……。

寒くても怖くても乳首は勃《た》つが、興奮したときの尖り方は鋭角的だ。お風呂に入っているときは淡い桜色をしている乳輪も、自慰のときは色を増し、赤に近い鮮明なピンクに染まってしまう。

亜梨栖は、乳首を指先で弾いたり乳輪のなかに押しこんだりして遊びはじめた。指先でつんつんすると、コリコリに硬くなった乳首が不規則に動き、乳房の内側の硬い芯が、いっそう硬くなった。

「んっ……はぁっ……んんっ、あっ」

ベッドの上で、ふっくら体型の少女の肢体がセクシーにくねる。

吹きだした汗で、お餅みたいな白い肌がシットリ濡れる。顔はほんのりと紅潮し、赤い三角の舌先が、さかんに唇を舐めている。

乳房は揉めば揉むほど内側の芯が大きくなり、心臓の鼓動に合わせてキュンキュンと甘痛く疼く。

「あぁっ、はぁっ……んっ、あぁ、はぁ……」

ついつい力が入ってしまい、指先が乳房の根元に食いこんだ。

ギリギリッと差しこむような強い刺激が亜梨栖を襲う。

「クッ！」

亜梨栖は身体をガクガクさせ、ベッドの上で反りかえった。まるで自分のものではないみたいに、身体が勝手にケイレンする。こんなことははじめてだ。十五歳の半裸の肢体がセクシーにくねる。

「あっ……あぁっ……はっ、はぁ……んっんんんっ」

皮膚の下に弱電流のような甘い信号がビリビリと走り抜け、爪の先から抜けていく。足の裏が弓なりになり、爪先が踵《かかと》を向く。

乳房の奥の鼓動に合わせて、下腹の奥がキュンと疼く。ムワッと甘い匂いが漂った。ショーツの奥底が熱く濡れる。

——あ。出ちゃった。やだな。オリモノが出ると、アソコが痒くなるのよね……。

大陰唇の表面が充血して熱くなると、湧きだす蜜液が秘部を刺激し、かきむしりたいほどムズムズしてしまう。

亜梨栖はドアと窓のカーテンが閉まっていることを確認すると、パジャマの前ボタンを全部はずし、ズボンとショーツをふたつ一緒に引きさげた。

あわあわしたヘアを萌《も》えさせた恥丘と、フードを押しあげてピンクパールの芯を晒している秘芽、中央に切れこみを通したふっくらした大陰唇、それにぷるぷるした丸い肉を丸くまとった太腿があらわになった。

パジャマの上着は袖だけを通し、ズボンとパンティは膝のあたりまでさげたしどけない格好だ。

亜梨栖の成長具合はいびつだった。首は細く、鎖骨の下には綺麗なクボミを描いているのに、二の腕や肩は水を入れて口を縛ったナイロン袋みたいにぴちぴちしている。

乳房のふくらみは大きくて、ロケットみたいに前に突きだしていた。平らなお腹は中央に縦長のおヘソを刻み、むちむちっと肉のついた腰からぷるぷるの太腿までは綺麗な曲線を描いている。

成長途中のアンバランスな身体は、若く酸っぱい汗の匂いとミルク系の甘い愛液の匂いをまとっていた。

亜梨栖は、股間へと手を伸ばした。薄いヘアを萌えさせた恥骨のすぐ下で、小さく顔を出している秘芽を、指先でノックする。

ツキーン。

「あぁっ！」

鋭い刺激が背筋を伝って脳髄を揺さぶった。ビリビリと静電気のように流れるそれは、クセになってしまいそうな甘い刺激だ。

クリトリスの甘痛い感触を楽しむように、指の腹でくりくりして刺激を与え、ぞんぶんに楽しんでから、秘裂にそって人差し指と中指をそうっと伸ばす。

ピッタリ閉じた大陰唇を花びらごと指先で割ると、内側に溜まっていた蜜がとろぉーっと落ちて、甘酸っぱいミルク臭を立てた。

できたてのチーズのような、ヨーグルトのようなその香りは、亜梨栖を恥じ入らせずにはおかない、生々しい匂いを立てている。

「んっ、んんっ、んっ……はぁっあぁっあっ」

亜梨栖は、指先で秘裂をいじった。ときおり陰核を指先でノックすることも忘れない。熱く繊細な粘膜が蜜液のヌメリを借りて指先にまとわりつく。

いつもなら、秘裂の内側を指先で掻き、乳房を揉むだけで気持ちよくなり、満足するのに、自慰に耽《ふけ》れば耽るほど、下腹の内側と乳房の内側のキュンキュンする感じが強くなっていく。

──私、おかしい。いつもと違う……。もっと欲しい……。もっともっと……。

ふいに、エロ漫画のワンシーンが脳裏に甦《よみがえ》った。大きく股を開いた女の子に覆いか

ぶさる少年の絵。黒い太線で隠してはあるものの、ペニスを突き入れられている秘唇の粘膜がめくれかえる様子がはっきり見えた。

ゴクッと喉が鳴る。

亜梨栖は粘膜のへコミに指を当てた。

いつものオナニーでは、指を入れたりしない。タンポンも使ったことがない。

「えいっ」

少し怖いが、勢いをつけて指先をめりこませると、熱くてつるんとした粘膜の輪が指先を出迎えた。

——あ、これ、処女膜だ。ふうん。なんかコリコリしてる……。

コリッと硬い粘膜の輪が入り口の周囲を取り巻いている。ドーナッツの中央に指先を入れると、やや広いところに出た。そこは熱い泉だった。

複雑に折り畳まれた膣ヒダが、指先にちゅるちゅると吸いついてくる。

——ふぅん。意外。ザラザラしてるんだぁ。ツルツルだと思ってたのになぁ……。

亜梨栖は、指の腹で膣ヒダのツブツブを撫でさすった。自分の身体を探る行為に夢中になる。

——膣のなかって、あんまり感じないなぁ。クリいじってるほうが楽しいかも。

膣のなかほどよりも、その奥をいじりたい。

さっきから心臓の鼓動に合わせてキュンキュンしている下腹の奥をかくことができたらどんなに気持ちがいいだろう。

「んっ、んんっ、んんっ」

亜梨栖は猫のように身体を丸くさせながら、指を膣奥に届かせようとして必死になった。だが、どんなに指を伸ばしても、いちばんウズウズしているところに届かない。

——セックスすれば届くのかな。

ペニスが膣奥深く沈みこめば、きっと気持ちがいいにちがいない。

だが、誰でもいいわけではない……。私をかわいいと言ってくれる人がいい。少なくとも、私をブスデブだと笑う男は絶対イヤだ。

ふいに義兄の顔が浮かんだ。

「お兄ちゃぁん……」

兄を呼ぶと、乳房と下腹の内側がキュッと痛くなった。まるで見えない手がつかんでいるみたいだった。痛みが甘く溶けていき、身体がどんどん熱くなる。

「あぁんっ……お兄ちゃん……してぇ……あぁっ……んんっ、奥まで……お兄ちゃぁん……」

想像のなかで、乳房をいじる自分の手が兄の手になり、膣に入れる指先が俊也のペニスに変わっていく。

兄の部屋で読んだときは、ぜんぜんエッチに見えなかったエロ漫画のシーンが次々に脳裏に浮かぶ。

亜梨栖はお餅のような真っ白な肌を汗まみれにしてベッドの上で悶えた。ナマイキそうな印象を与えるキュートな顔はセクシーに歪《ゆが》み、口の端からよだれが垂れているありさまだ。

乳房の内側も下腹の奥も甘く疼き、すっかり硬くなっている。

——だめ。満足できない。指じゃ、だめ……。お兄ちゃんの……じゃ、なきゃ……。

この飢餓感は、ダイエットの苦しさそっくりだ。

亜梨栖は、秘芽を人差し指と親指でそっと挟み、もう片方の手で乳首をつまんだ。

そして、両方の指先に力を入れる。

はしたない自分に罰を与えるように。

「あぁあああぁあああぁっ!!」

まるで殴られたみたいだった。痛いほどの衝撃が皮膚の下の神経組織を走り抜け、指の先から抜けていく。

乱暴すぎるその刺激は、はじめ亜梨栖にひどい苦痛を与えたが、やがて甘い快感となり、熱く激しく染みてくる。

脳髄が揺さぶられ、脳裏でバチーンと火花が散る。フッと意識が途切れてしまう。

亜梨栖は汗まみれになった白い身体をクッと反りかえらせる。

温かい陶器みたいな白い肌が油を塗ったようにヌメ光り、孤独な楽しみに耽《ふけ》っていた股間と乳首は赤く染まって、少女の興奮が激しかったことを示している。

やがて緊張がほどけると、亜梨栖はモゾモゾと服装を改めた。

「お兄ちゃん……」

亜梨栖は、すうすうと寝息を立てて眠りはじめた。ほんのりと甘い笑顔を浮かべながら。

200X年4月28日

プリnを食べた。

ゴnドラのプリnはぉいしい。

太るnじゃなぃかって思うと、

なにを食べても、ぉいしくなかったのに。

すごくぉいしかった。

Syunといっしょに食べたせぃかな。

でも、時間、夜→pm8:00　遅すぎ。

ぅわぁ最低。太る。

体重ゎキープしたぃ。

ぁした、昼ご飯、抜いたほぅがいぃかも。

ぶくぶくの、だらしなぃ女の子には、なりたくなぃ。

Syunといっしょに食べたけど、Syunゎスマートだ。

どぅして、Syunゎ、太らなぃの?

いいなぁ。

Last updated 200X.4.28 21:53:01

ｺﾒﾝﾄ(0) | ﾄﾗｯｸﾊﾞｯｸ(0) | ｺﾒﾝﾄを書く

5月1日 好きだから……ロストバージン

俊也がノックもせずに保健室のドアを開けると、保健室の先生が椅子をまわして俊也を見た。

「加賀美《かがみ》先生っ、えっと、そのっ……2年B組の秋川俊也です！」

俊也は息を切らしていた。廊下を全力疾走してきたため、言葉がうまく紡《つむ》げない。

「落ち着きなさい。息を整えたほうがいいわ」

先生は、メガネの奥から俊也をじっと見ている。ショートカットと銀縁のメガネ、それにほっそりした身体を包む白衣が、理知的な雰囲気を演出している。

保健室の先生は、四月から赴任してきたばかり。俊也は健康で保健室とは縁がないため、加賀美先生にはまだそれほどなじみがない。

それなのに、先生にどこかで見たような印象を受けてしまうのは、義母の由梨子と同じ匂いが白衣から漂ってくるせいだろう。

「義妹が、1－Cの秋川亜梨栖が、体育の最中に気分が悪くなったって聞いたので」

「お兄ちゃん」

ついたての奥から声がかかった。

「ぜんぜん平気だよ。低血圧と貧血だって先生が言ってた。もう起きるね。……あっ、こっち来ちゃダメッ！　着替えるんだからっ」

「おい、亜梨栖、制服は？」

「セリとかあっちゃんとみぃくんが持ってきてくれたよ」

セリとかあっちゃんとかいうのは、亜梨栖の友達の名前だ。

ついたての奥で、亜梨栖が体操服から制服に着替える気配がする。甘酸っぱい汗の匂いがほのかに香る。体育のあとなので、匂いが少し強いみたいだ。思わず鼻をクンクンさせてしまったところ、義妹の文句がすかさず響いた。

「あーん。お兄ちゃーんっ。そこにいないでほしいな。恥ずかしいもん」

「お兄さんは外に出すからだいじょうぶよ」

保健室の先生が俊也の背中を押すようにしてドアの外へと連れだした。保健室を出たところ、森閑《しんかん》とした廊下の空気が二人を包んだ。

保健室は新校舎のいちばん隅ということもあり、学校の喧噪《けんそう》から遮断されている。

先生は、周囲に誰もいないことを確認してから、俊也に小さな声で言った。

「妹さん。ダイエットしているわね？」

「みたいです」

「やっぱりね。今日の昼ご飯、牛乳だけって聞いたわ。倒れて当然よ」

「え？　牛乳だけって。昨日、夜にプリン食べたので、そういうのやめてると思ってました」

加賀美先生は、指先でメガネのブリッジを押しあげると、ふうとため息をついた。

「夜にプリンかぁ……ダイエットの大敵よねぇ。それで昼を抜いたのね」

「昨日も空腹で気分を悪くしてたので、僕が食べろって言ったんです」

「あのね。こういうときの女の子って、一時的に食べても同じなの。根本的なところを直さなきゃ、またムリな食事制限をして倒れるわよ」

「ど、どうすれば……」

「亜梨栖さんが欲しがっているのはプロポーションじゃないわ。自信よ」

「自信、ですか？」

意外だった。義妹は横着で元気で無邪気。自信家だと思っていた。少なくとも神経質なタイプではないと思いこんでいたのだ。

だが、一カ月ちょっとのなりたての兄妹だ。亜梨栖は意識的に、俊也に弱い面を見せないようにしていたのかもしれない。

母親の再婚だの転居だの高校入学だのいろいろあったわけだから、ナーバスになるのもムリはない。

「そうよ。妹さん、太ってるって思いこんでいるのよ。たしかに標準体重よりはプラス十パーセントだけど、十五パーセントまでは正常値で肥満じゃないの。でもね。私が説明しても効果がないの。こういう子はね、数字をあげて説明すると、あと五パーセントで肥満なんだって、そういうふうに考えちゃうから。根本的なところからなんとかしないと。私はステキなんだって思わせてあげて。ねっ、お兄さん！」

保健室の先生は、考えこんでいる俊也の背中をポンと叩いた。

☆

俊也は、自転車を走らせていた。

耳の横をひゅんひゅんと通り過ぎる風の音を縫《ぬ》って、後ろの荷台に斜め座りしている亜梨栖の息づかいが感じられる。

いつもは自転車と学生で埋まる通学路は、不思議なほど人気《ひとけ》がない。

放課後の帰宅ラッシュが過ぎて、部活を終えた生徒が帰路につくまでの間の、エアポケットのような時間なのだ。

亜梨栖はなにを考えているのか、サドルの下を持ち、黙りこんだままじっとしている。

——私はステキなんだって思わせてあげて、か……。難しいよ。僕になにができるっていうんだ。保健室の先生さえ匙《さじ》を投げてるんだぜ。

どうすればいいのか皆目わからない。思春期の女の子がプロポーションを気にするのはわかるが、食事を抜くのは身体に悪いに決まっている。

「亜梨栖」

「なに、お兄ちゃん？」

「もっとくっつけよ。バランスが取りにくいぞ」

口から出たのは、ぜんぜん関係のない言葉だった。

「うん。そうだね。今なら誰もいないしね」

亜梨栖が背後から、むぎゅううっと抱きついてきた。小さな手が俊也のお腹にまわり、ゴムマリみたいな大きな乳房が双《ふた》つ、背中に押しつけられる。

服越しに感じるぬくいぷりぷりの感触に身体中の血液がドドッとばかりに駆けめぐった。手がまわされたお腹が熱い。

「うわっ、わわわわっ」

バランスを崩してしまい、フラフラしはじめた自転車を持ち直すのに必死になってしまう。

「きゃんっ、お、お兄ちゃんっ。怖いよっ」

亜梨栖がよりいっそうしがみついてきた。その拍子に、ひんやりしたぷにぷにのものが、俊也の首筋に触れてすぐに離れた。

義妹の唇が当たったのだ。

俊也は黙りこんだ。

亜梨栖は俊也の背中に頬をくっつけ、俊也のお腹を抱きしめたままじっとしている。目を閉じてうっとりしている亜梨栖の表情が目に浮かぶようでドキドキする。

——だめだっ。興奮するなっ。鎮《しず》まれっ。息子！　亜梨栖に気づかれるぞっ!!

俊也は深呼吸をすると、あえて冷静な声を出した。

「亜梨栖、しっかりつかまってろ。スピードあげるぞ」

「うん。お兄ちゃん」

義妹の声が俊也の耳もとで甘く弾けた。俊也は、自転車の変速ギアをH《ハイ》に入れ、ペダルを漕《こ》ぐ足に力をこめた。

春の風は緑の梢《こずえ》を揺らしながらさわやかに吹き過ぎて、湧きだす汗が弾けていく。

☆

俊也はパソコンのモニターを見ながら考えこんでいた。

検索エンジンにダイエットと入力してみたものの、出てきたURLが多すぎてくらくらする。低インシュリンに寒天《かんてん》、油ぬき健康法、痩せ日ダイエット……。ダイエットのテクニックはいくらあっても、ダイエットをやめさせる方法なんて見つからない。

――父さんはダメだな。役に立たない。亜梨栖を怒らせるのがせいぜいだ。相談できるとしたら義母さんだな……。

今日、義母は準夜勤だから、帰宅は深夜になるだろう。起きて待っていたほうがいいのだろうか。だが、十時半か十一時頃には父親が帰ってきて、由梨子と二人だけで話すことはできなくなる。

「ねえ、お兄ちゃん。入ってもいい?」

ドアの向こうから亜梨栖の声が聞こえた。

「どうした?」

「勉強教えてほしいの」

「教科は?」

「英語」

「ああ、いいぜ」

父親の仕事の関係で、シンガポールで一年、マニラで一年、香港《ホンコン》で二年暮らしたことがある。おかげで英語は堪能《たんのう》で成績もいい。なにもかも平均点の俊也が、唯一自慢できる教科だった。

「えへへ。お邪魔しまぁす」

義妹は教科書とノート、それに辞書を胸に抱えて部屋のなかに入ってきた。

亜梨栖は黒のカットソーに、ミニスカートという普段着だった。胸もとはぴちぴちになっていて、豊かに盛りあがった胸がこれ見よがしに強調されている。

シンプルなデザインのカットソーは、どこか背伸びをした服装に見えて、かわいい雰囲気の彼女に合っていない。

亜梨栖は俊也がゲームしたり雑誌を読んだりするときに使うガラステーブルの前にちんまりと座り、いそいそと教科書をひろげた。

「ここよ。この訳がわからないの」

「ああ、これは……だろ……だから」

横に座り、説明をはじめた俊也は、目のやり場に困ってしまった。上から覗きこむ形になっているので、カットソーの襟ぐりから乳房の谷間がはっきり見える。胸もとから、甘い匂いがせつなく香ってきた。

　ブラジャーのカップが下乳を押さえているため、よりいっそうふっくらして見えるようだった。

「あ、わかった。ありがとう。さすがお兄ちゃんだね。じゃあさ、こっちなんだけど」

「まだあるのか？」

「私、英語苦手だもーんっ」

　義妹が胸を張ったときのことだった。

　ぶち、と軽い音がたち、カットソーのなかで下乳を押さえていたブラジャーが真ん中から分かれて左右に寄った。

　ブラジャーの圧迫から逃れたロケット形の乳房が、ぷるるんと揺れながら飛びだした。

「きゃっ。やだぁっ！」

　亜梨栖は顔を真っ赤にしてあわてまくり、胸の谷間をさぐって、ホックをつけようと必死になっている。

　だが、それ以上におろおろしたのは俊也だった。

「いやいやいやっ。恥ずかしいっ」

「うっ！」

　横に座り、上から覗きこんでいた俊也は、カットソーのなかで乳房が揺れ、乳首がブラジャーのカップから飛びだす様子をはっきりと見てしまったのである。

体中の血液がすごい勢いで駆けめぐり、鼻血がぶっと飛びだした。

「ご、ごめんっ」

手のひらで鼻を押さえながら、部屋を飛びだし、洗面所に向かう。顔を洗い、鼻をつまんで鼻血をとめてから部屋に戻ると、義妹が顔を真っ赤にさせてガラステーブルの前に座っていた。

胸のあたりにちらっと目をやるが、もうブラジャーは元に戻っているようだ。

義妹は、恥ずかしくてならないとばかりに身体をすくめている。その様子がまたかわいらしい。

「ごめんね。お兄ちゃん」

「サイズ、合ってないんじゃないのか?」

「んっ、そうだね。私、太ってるし、胸がおっきいのも恥ずかしいんだ……」

——ああ、そうか。逆だったんだ……。

亜梨栖はこういう服を好んで着る。からかっているのかなと思っていたが、体型を気にするあまり、細身に見える黒のカットソーを選んでいるのだろう。男を挑発するような大人っぽいカットソーは、亜梨栖の無邪気さの表われではなく、自信のなさの表われだったのだ。

「なんでだよ。亜梨栖は太ってないよっ。ぷりぷりのところがいいんだよっ。それに胸が大きいのはカッコイイよっ。わざと小さいブラをつけるほうが大きさが目立ってヘンだって」


亜梨栖は泣きだす寸前の表情で俊也を見た。

——もう、もう、お兄ちゃんってばっ!! どっちなのよっ。

義兄の言うことは矛盾《むじゅん》だらけだ。太っていないと言いながら、亜梨栖の身体がぷりぷりだと言う。胸が大きいのがいいと言ったくせに、胸の大きさが目立つとおかしいと言う。

コンプレックスを微妙に刺激され、亜梨栖の顔がこわばった。

中学のときの同級生と違って、俊也の言葉には毒がない。亜梨栖を一生懸命慰めようとしている。それは亜梨栖だってわかっている。

だが、それでも、知らないフリをしてほしかった。誰にも。友達にも。そしてもちろん家族にも。

だから、高校に入学してからは、ワザとひかえめなフリをして息をひそめて過ごしていた。目立ちたくなかったのだ。

「へえ、お兄ちゃんって、胸が大きい女の子が好きなんだ?」

「そ、そりゃ、当然だろっ。胸が大きいのは魅力的だよっ。亜梨栖はステキだよっ。もっと自信を持てよっ！」

顔を赤くして言い募る義兄を見ていると、いらいらがさらに募った。

兄のデリカシーのなさに、いらだちが収まらない。

「そういえばお兄ちゃんの漫画本、おっぱいの大きい女の子がいっぱい出てたね」

「そ、それは……その……」

「じゃあさ、私のおっぱい、揉める？　漫画みたいにぎゅっうぅってっ！」

その瞬間、空気がぴきっと架空の音をたてて凍りついた。

俊也は、あぜんとした顔をして、固まってしまっている。

——私、なんてコト言ってしまったのっ⁉

自慰し、自分で乳房を揉みながら、俊也に触ってもらったらもっと気持ちがいいだろうと思っていた。願望が言葉になって出てしまったのかもしれない。

「ご、ごめん、お兄ちゃん。い、今の、忘れて……じょ、冗談、なの……」

あわてて打ち消すが、おかしくなってしまった空気はどうしたって戻らない。俊也は、真っ赤になった顔をそむけている。

「揉んでいいのか？」

「いくない……でも……」

自分でもなにを言いたいのかわからない。

「お兄ちゃんは、揉みたい？　私のおっぱい。触りたい？」

「あ、ああ……亜梨栖の胸はステキだから、触りたい……」

「じゃあ、触っていいよ」


「んっ……」

俊也はおずおずと手を伸ばし、亜梨栖のカットソーの胸もとに手のひらを当てた。

「お、おう」

亜梨栖はビクンと身体をすくませた。

——あんがい硬いんだ……もっとやわらかいのかって思ってた……。

服越しに触れた義妹の乳房の感触は、硬いゴムマリみたいだった。内側に硬い芯があり、その奥で心臓の鼓動がドクドクしている。

熟す前の青さを残した若い乳房と、目を伏せてはにかんでいる義妹の表情がたまらない。普段はうるさいほどににぎやかな女の子だから、恥じらっている様子はドキンとするほどセクシーだった。

「触るだけじゃなくて、揉んでよ」

——いいのか、いいのか、ほんとうにいいのか。義妹なんだぞっ。今ならまだやめられるんだ。

ためらう俊也を、亜梨栖の湿った声がけしかける。

「私が、みっともなくないんだったら……」

「亜梨栖はステキだよ。最高だ……自信を持てよ。もっともっと自信を持ってくれよっ。頼むからっ」

俊也は、手に力を入れて揉みはじめた。ぷりぷりっとした手応えは、他のなにとも違う感触だ。いちばん近いのは、硬く作ったババロアだろうか。

「くっ……つっ……い、痛いっ……」

「わ、ご、ごめんっ」

「いいの、気持ち、いいから……揉んで……お兄ちゃん……」

見慣れた義妹の顔が、苦痛と快感に歪《ゆが》む。

若い乳房は少しの刺激でもひどく痛むと男性誌に書いてあった。痛くさせてしまうのではないかと思うと、オズオズした触り方になってしまう。

甘い体臭がフワッと立ちのぼった。腋《わき》の下の酸っぱい匂いと、さわやかな汗の香り。

俊也は、カットソーの分厚い布越しに、ブラジャーと乳房の境目を指でなぞった。

ブラジャーの丈夫なカップに下乳を押さえつけられているせいで、乳房がカップの上に蒸しケーキのように盛りあがっている。

「ブラジャー、窮屈なんじゃないか?」

「そうかもね。Cだから」

「サイズ、ちゃんと合ったのを買えよ。EとかFなんじゃないか?」

「サイズなんてわかるぅ?」

「わかんねぇけど、ブラが小さいのはわかるよ」

「そうだよね」

——亜梨栖、落ち着いてるな。だいじょうぶか……。怒りださないよな……。

「直接、タッチしたい、いいか?……その、亜梨栖がイヤだったらやめるけど」

「いいよ」

亜梨栖はカットソーを胸の上までめくりあげ、ブラジャーの前ホックをはずした。窮屈なブラがはずれて、カップの束縛から逃れた乳房がぷるりんと揺れる。

乳首は興奮して赤く尖り、乳輪も色を増して濃いピンクになっている。

胸乳に食いこんでいたブラのカップの上のところが、乳房に赤い線になって残っていた。こんな苦しいものをつけていたのかと思うと、かわいそうになってしまう。

俊也は亜梨栖を抱きしめると、頬に頬を当ててささやいた。

「亜梨栖はステキだよ。美人だって。かわいいよ」

片手で乳房を揉みながら、そっと唇を重ねた。舌先で歯をねぶると、噛み合わせがゆるんだ。そっと舌先を差し入れ、亜梨栖の舌を絡め取る。義妹の身体がビクンッとふるえた。

「んっ、んっ……はぅっ……ちゅぱっ……ん、ちゅっ、ちゅっ」

胸乳は、お湯を入れた風船のようにたぷんたぷんと弾みながら、ぷりぷりした手応えをかえしてくる。手のひら全体を使って揉むと、乳首のポチッと硬い感触がアクセントになっていて、もっともっと触りたくなってしまった。

義妹の乳を揉む手に、ついつい力が入ってしまう。


亜梨栖は唇を離すと、甘い声をあげて悶えた。

「んっ……い、痛いっ。んんっ……はぁ……お、お兄ちゃぁん……」

胸を揉む兄の手に力が入り、息がとまりそうな痛さに襲われる。

痺れるようなその苦痛は、電撃のように身体の芯を走り抜け、かすかな甘さを伴いながら、下腹と脳髄をふるわせる。

亜梨栖にしか聞こえない音が下腹部でドクンと鳴り、秘唇がドッと蜜を吐く。ショーツの奥が気持ち悪く濡れた。

巨乳の女子高生は身体をガクガクさせると、もう耐えきれないとばかりに横座りになり、胸を抱えてはあはあと息をつく。

「ご、ごめん……」

「いいの、触って。もっと触って。痛いのが気持ちいいの……してよ。お兄ちゃん」

亜梨栖はその場にあお向けになり、来て、というふうに手をひろげた。

キスをして、おっぱいを触られただけだ。それなのに、自分でもおかしいほど身体の芯が熱くなり、下腹と双《ふた》つの乳房の奥が疼いて苦しい。

自慰をしたとき、膣に指を入れてかきまわしながら、かきむしりたいほどキュンキュン疼いているところに指が届かず、もどかしい思いをした。今の状態はあのときと一緒だ。

誰でもいいわけじゃない。義兄ならかまわない。いや、違う。俊也だからしたいのだ。

「ほんとうにいいのか？」

「うん。お兄ちゃんだから、いい……ってか……私ね、お兄ちゃんを思って……してた……」

オナニーと言葉に出さずに話すと、義兄の顔がかっと赤くなった。

「好きだよ」

「うん。私もよ」

少なくとも俊也は、亜梨栖のコンプレックスを笑わなかった。

「私、脱ぐね……よっ、しょ……っと、む、難しいな……」

片手を伸ばし、スカートのなかに手を入れてショーツをおろそうとするのだが、あお向けになったままではうまくできない。

腰にぴったりと貼りつくミニタイトスカートを手探りで引っ張りあげ、ショーツの脇に手をかけてモゾモゾしていたとき、義兄の手がお尻の脇にかかった。

「僕がしていい？」

「うん。いいよ」

亜梨栖はそっと目をつぶった。


俊也は、あお向けになっている亜梨栖のパンティをぺろんとめくった。

「ひゃうっ！」

亜梨栖がひゅっと喉を鳴らし、身体をキュッとすくませる。

ショーツをおろしていくにつれて、淡く萌《も》えたつヘアを乗せた恥丘が現われ、次には小さな秘芽がフードを押しあげて露出している様子が見える。

恥ずかしくてならないとばかりに太腿をすり合わせているせいで、大陰唇の割れ目は少ししか見えない。

ミルク系の甘い匂いが強く香る。

義妹はけなげにもじっとしているが、お尻を浮かしてくれないうえに、下肢をぴったり合わせているので脱がしにくい。

「うっ……ぅう……ひくっ」

亜梨栖は、泣きそうに喉を鳴らしている。

ヒモのようによじれるパンティを、太腿、膝小僧、ふくらはぎと移動させ、足首から引き抜く。

「濡れてる……」

ミルク臭の正体にはじめて気づいた。どこか懐かしいような、甘ったるいその匂いは、愛液の匂いだったのだ。

亜梨栖の頬がかっと赤くなった。

「い、いやいや、恥ずかしいっ」

うつぶせになろうとして下肢をばたつかせるたびに、秘部の内側が少しだけのぞく。

「見たい……亜梨栖のマ×コ……だめかな……」

「い、いいけど……」

足首を持ち、膝小僧が乳房につくまで倒してから、左右にぐっと開いた。いつもは閉じているのだろう大陰唇が左右に開き、内側の粘膜が露出している。

「や、やだやだっ。恥ずかしいっ、恥ずかしいよぉっ」

だが、義妹は暴れずにじっとしている。恥ずかしさのあまり、身体が動かなくなってしまったのかもしれない。

亜梨栖の秘部は、かわいらしかった。秘唇はプックリして、スリットがぴったり閉じている。楕円《だえん》の形のゴムマリを押しつけて中央に切れ目を通したみたいだ。花びらは小さくて、先端だけがほんの少しのぞいている。

「触るよ」

指先で大陰唇をラビアごと開くと、内側に溜まっていた愛蜜がトロリとこぼれ、蟻《あり》の門渡《とわた》りのほうへと落ちていった。

桃色の粘膜の奥で、みっしりとヒダを集めてすぼまっている膣口が、ヒクつきながら蜜を吐いている。まるで蘭《らん》の花みたいだった。猥雑《わいざつ》さが、よけいに美しく見せているのかもしれない。

「綺麗だよ」

亜梨栖は首を傾《かし》げた。意外すぎるコトを言われ、きょとんとしてしまう。

「そ、そうかな。わかんない」

「見たコトないの？」

「ないよっ。そんなのっ！　あのね、髪とか手とか肌が綺麗だとか言われるとうれしいけど、そんなトコロ誉《ほ》めてもらってもうれしくないもんっ!!」

「亜梨栖は綺麗だよ。髪も手も肌も、みんな綺麗だ」

「お兄ちゃん。どうしたのよ? 今日はヘンだよっ。ふんっ。するなら、さっさとしなさいよっ」

少しだけ落ち着いてきたせいか、憎まれ口がぽんぽん出る。

亜梨栖はつんと顎をあげて顔をそむけた。知らないフリをしてそっぽを向いていたら、ごそごそした気配に気づいて顔をあげる。

「ひゃんっ!」

俊也がペニスを取りだしたところをモロに見てしまい、あわてて目を逸《そ》らす。だが、好奇心には勝てず、また見てしまい、今度は目が離せなくなってしまった。

——すごい。なんてたくましいの……。

中肉中背の義兄なのに、男根は大きかった。先端のコブのところが赤ちゃんの握り拳みたいに見えた。俊也は、自分でこすって勃起している男根をさらに大きくさせていた。

先端の鈴割れの部分から、透明な液がトロトロと湧きだして落ちていく様子が見える。まるで母が寝る前に使っている美容液みたいだ。

俊也が亜梨栖を見た。視線を感じた彼女はあわてて目を閉じ、両手で顔を覆った。

——いや、怖いっ。どうしようっ。

身体がガタガタふるえだす。

俊也が覆いかぶさってきたとき、その怖さは頂点に達した。

「い、いやっ。怖いっ。イヤだっ。やめるっ！」

俊也の胸を押しあげ、顔をそむけてふるえてしまう。

俊也はぽかんとした顔をした。自分からセックスをねだったくせに、いざとなったら怖がってやめると言いだすのだから、いい加減な子だと思っているのだろう。

——どうしようっ。怒られるっ！

だが、俊也はあっさりと言った。

「わかった。亜梨栖がイヤだったらやめるよ」

亜梨栖はあわてた。ほんとうはつづけてほしかった。俊也の背中に腕をまわし、手にきゅっと力をこめて抱きついた。

「やめないでっ。平気だからっ！　ちょ、ちょっと、怖かっただけなのっ！　ご、ごめんねっ。お兄ちゃんっ」

——かわいいなぁ。

亜梨栖は生まれたての子猫のようにふるえていた。奥歯をカチカチさせながらも、きゅっと抱きついてくる。それがひどくけなげでかわいらしく、俊也が守ってあげなくては生きていけない小さな生き物のように思えてくる。

「してっ。お兄ちゃんっ。私の、はじめて、も、もらって、ほしいのっ!」

「僕だってはじめてだよ。うまくできるかわからないよ」

「い、いいのっ。いっしょにやろっ、ねっ!」

怖がってすくんでいるはずの義妹から励まされてしまい、苦笑がもれる。

「じゃあ、するよ」

肉茎を持ち、亀頭をスリットに沿って上下させながら肉のヘコミを探す。さっきはすぐに見つかった膣口は、探っても探っても見つからない。

——あれ? なんでだ?

俊也は焦った。亜梨栖が恐怖のあまり、身体をこわばらせているせいだろう。

ここかなと思ったところで腰を進めるが、亀頭はやわらかい粘膜を押しながらはずれ、鼠蹊部《そけいぶ》をかすめてあらぬところに進んだ。

「えっと、そ、その……ご、ごめん。リードできなくて……」

「いいよ。一緒にやろっ! えっと、ここだよ。よく見て。お兄ちゃんっ」

亜梨栖は自分で秘唇を開き、膣口に指を入れてぐるっとまわしてみせた。膣口がひしゃげながら蜜を垂らす。その様子はドキッとするほど猥雑《わいざつ》でセクシーだった。俊也を励まそうと思うあまり、恐怖感や羞恥心が追いやられてしまっているらしい。

顔をひきつらせながらも、けなげに笑いかける。

「ねっ？　ここだよ。だいじょうぶだからっ！」

「あっ、ああ、わかった。えっと」

「あっ、私、持ったげる」

義妹のぷにぷにした指が肉茎に巻きつき、軽く引っ張った。もうそれだけで漏らしてしまいそうになり、声をあげてしまう。

「うっ！」

「あ、い、痛かった？　ごめんね。お兄ちゃん。私、わからなくて」

俊也は笑いだしてしまいそうになった。これでは逆だ。

「だいじょうぶだって。それより、痛いのは亜梨栖のほうだと思うぞ」

亀頭を膣口に合わせ、義妹の背中をしっかりと抱きながら、ぐっと腰を進めた。亜梨栖が息を呑んで身体を硬くし、きゅっと唇を噛む。

「息を吐いて」

「えっ？　どうして？」

亜梨栖は首をひねった。挿入しようとしているのだから、息を吸いこむほうがいいような気がする。

膣口を亀頭が押している感触はわかるのだが、あのドーナッツみたいな処女膜が、ペニスの侵入を阻止しているみたいだ。本当は、亜梨栖の筋肉が硬くなって挿入しづらくなっているのだが、未熟な女子高生はそう思いこんだ。

「だから、息を吐いて」

「ふうーっ」

納得しないまま息を吐くと俊也が笑いだした。

「あははっ」

「もうっ。どうして笑うのよっ」

「ほっぺたふくらませるなって。太って見えるぞ」

「あーっ、お兄ちゃんっ、太ってるって言ったっ！」

これが初体験の最中の会話かと自分でもあきれながら、いいなと思っていた義兄との距離がゼロになったうれしさに、コンプレックスまでネタにして会話を楽しんでしまう。

「どこがだよっ。亜梨栖は太ってないって言ってるだろっ。僕は好きだよっ。亜梨栖の全部が好きだよっ」

「えへへっ。うれしい！　お兄ちゃん……」

そのとき、膣口を押していた亀頭が、ちゅるっと音をたてて膣口へとめりこんだ。

その瞬間、まるで虫歯のような鋭い苦痛が腰に響く。亜梨栖は俊也の胸を押しあげて逃れようとした。

「うっ、い、痛いっ、痛いよぉっ。やだぁああっ、やめるぅっ！」

「うわっ、狭いっ、てか、硬いっ。ご、ごめんっ。やめられないんだっ。うわ、うわぁっ、ぬ、抜けないっていうか、ど、どうしようっ、う、うわぁあぁっ」

俊也がおろおろして腰を動かすが、押すことも引くこともできなくなっているようだった。

ペニスが小刻みに動くたび、亀頭のエラをきゅううと咥《くわ》えこんでいるドーナッツ状の処女膜が擦過される。そのたびに鋭い苦痛が亜梨栖を襲う。

「痛いっ、痛いってばっ、やだ、やだやだっ！　お兄ちゃんなんか嫌いっ」

亜梨栖は俊也の胸を小さな握り拳でぽかすかと叩いた。

「う、うわっ、ご、ごめんっ、叩くなよっ。おいっ。顎叩くなっ。痛いよっ」

今、体を合わせている最中の義妹にアッパーカットを食らわされた俊也は、身体をひねって逃れようとする少女の動きに合わせて腰を進めた。

そのとき、小刻みにしか動かなかった男根が、ズルゥッと奥に入りこんだ。

結合部でパシッと音が鳴り、輪ゴムが千切れるような気配がした。

「きゃあぁあっ！」

亜梨栖はその瞬間、さも痛そうに顔をしかめたが、すぐに目を見開いた。

ほうっとひと仕事終えたようなため息をつき、晴れやかに笑った。

「痛くないのか？」

「うん。さっきは痛かったけど、もう平気。あー、終わったんだーって気分なの」

「え？　な、なんのことだ？」

義妹がなにを言っているのかわからない。終わった気分とは、いったいどういう意味なのだろう。

「セックスてそんなに気持ちいいもんじゃないね。お兄ちゃんの漫画本、女の子気持ちよさそうだったのにな。もしかしてお兄ちゃん、ヘタなんじゃないの？」

「わ、悪かったなっ。はじめてなんだから、上手なわけないだろっ」

「あははっ。その通りだねーっ。ねえねえ、やっぱり上手だと気持ちいいのかな。あー、違うか。ティーンズ雑誌にはじめては気持ちよくないって書いてあったっけ。じゃあ、私が原因か……。あははっ」

亜梨栖はひどく機嫌がよく、無邪気にニコニコ笑っている。

「お願いだから黙ってくれーっ。エッチな気分にひたれないっての」

亜梨栖の膣ヒダは、さっきまであれほどに抵抗していたのに、今は俊也の男根をやわらかく包みこみ、不規則にザワザワうごめいている。

締まったりゆるんだりするその感触は、イソギンチャクの触手が巻きついてはほどける様子を連想させた。

義妹の膣ヒダは、熱く濡れているにもかかわらず、キツキツで硬く、未熟な感じがした。気を許すと膣圧でペニスが押しだされてしまいそうだ。それがいかにも亜梨栖らしい。

「動いていいか？」

「なに？　なんのこと？」

「えっと、その……ごめんっ、ぼ、僕も、そ、そのっ……」

欲望に負けた俊也は、説明をするのももどかしく、腰を動かしはじめた。

亜梨栖の顔が苦痛に歪《ゆが》む。

「えっ、きゃっ？　や、やだっ、だ、だめっ。なんでよぉっ!?　お兄ちゃんひどいっ」

亜梨栖はあわてた。もう初体験は終わっていて、あとはペニスが抜けでるだけだと思いこんでいたのだ。

「ひどいひどいっ、最低っ……痛いっ、痛いんだってばぁっ。お兄ちゃんのバカッ」

「な、なんでだっ、い、痛く、ないって、い、言ってたのに……」

ペニスが前後するたび、破瓜《はか》されたばかりの処女膜がこすられて痛む。

ロストバージンの瞬間の苦痛に比べると痛みの度合いはわずかだったが、自分だけ理不尽な苦痛を味わっている気がして腹が立ってきた。

「お兄ちゃんなんて嫌いっ！」

俊也は、困り果てたという顔をして腰を動かしていた。

亜梨栖の身体全体が揺さぶられ、視界が前後に動く。俊也の顎を伝って汗の雫《しずく》が落ちた。

あれっと思って俊也の顔を見ると、義兄が汗まみれになっていることに気がついた。

胸の奥がキュンと疼く。

——お兄ちゃん、こんなに一生懸命にやってくれているんだ。なんか私だけ、わあわあ騒いじゃって悪かったなぁ……。

「ごめんっ、抜くからっ、そ、外で、だ、出す、からっ、も、もうちょっとだけ……」

「いいよ。お兄ちゃん。なかで出してくれても……」

「えっ、そ、それは……」

「だいじょうぶだよ。私、ティーンズ雑誌読んでるもん。終わったばっかりだもん。安全日ってのはお雛祭《ひなまり》から……あ、ごめん。エッチな気分になれないから黙るんだよねー」

話していると痛みがまぎれる。俊也の漫画のように、『あはーん、うふーん、いいわぁー』という気分にはならないが、大好きな義兄と身体をくっつけ合わせてなにかをしているというのが楽しい。

「うっ、ぼ、僕、もうっ……」

俊也の動きが速くなった。義兄が突きあげるたびに、頭が前後に揺さぶられ、脳髄がシェイクされる。ジェットコースターに乗せられて、振りまわされている気分だった。

もう、なにがなんだかわからない。

突然身体が楽になったと思うと、お腹の上で熱い液体が弾けた。

俊也が抜いたペニスを亜梨栖の上でこすっている。

「うっ、ううっ、うっ……」

――お兄ちゃん。私の身体を気遣ってくれたんだ……。

亀頭から白濁液が噴きだす様子は、まるで蛇が威嚇《いかく》しているみたいで、畏怖《いふ》を覚えずにはいられない。

――終わったんだ……今度こそ。

ペニスは抜かれているというのに、まだ疾風《しっぷう》の感覚が収まらない。安堵《あんど》と達成感と俊也への恋情がごちゃまぜになって押し寄せてきて、目の前がクラクラする。
亜梨栖はため息をつき、目をつぶった。

200X年5月1日

Syunに英語ぉ教えてもらった。

Syunゎ、子供の頃、外国で暮らしてぃたから、英語は得意。

そnけぃしちゃう。

ぁたし、外国で暮らせないだろうなぁ。

たぶn、ムリ。ノィローゼに、なっちゃぅ。

ぁたしは、理系は得意だ。

でも、英語と、体育がダメ。

Syunとぁたしゎ、子供の頃、保育園でぃっしょだった。

もも組さんの、お兄ぃちゃnだった。

シンガポールにぃくからって、ぉ別れした。

もう10年前だ。

そのSyunと、ぃっしょなんて不思議。

ずっと、ぃっしょにぃたぃ。

もっとラブラブになりたぃな。

Last updated 200X.5.1 19:30:22
ｺﾒﾝﾄ(0) | ﾄﾗｯｸﾊﾞｯｸ(0) | ｺﾒﾝﾄを書く

5月8日 ふたりきりのご奉仕バスタイム

俊也がリビングに顔を出すと、食卓にお箸《はし》を並べていた義母が振りかえった。

「おはよう。俊也くん」

「あ、義母さん。おはよ」

コーヒーメーカーがあぶくの音をたてなら芳香を振りまき、サラダの緑とゆで卵の白が、窓から差しこむ朝日に輝いている。

由梨子が中心になってつくりだすほっこりと温かい空気は、転勤だらけの落ち着かない暮らしにはなかった匂いで、俊也はしみじみと深呼吸をした。細胞レベルで新しくなっていくような、そんな気分になる。

「義母さん。昨日、準夜勤だったんだろ。こんなに早く起きてだいじょうぶなのか」

「うん。だいじょうぶよ。今日は休みなの」

由梨子はこのところ料理熱心だ。

由梨子が一生懸命になって作っているのがダイエットメニューであることは、俊也にもわかる。

テーブルに置かれたドレッシングはノンオイルタイプだし、ジュースの紙パックはいつものオレンジジュースではなくトマトジュースだ。

——義母さん、亜梨栖のダイエット、気づいてるんだ。さすが母親……。

俊也も料理をするが、チャーハンやカレーという男の料理になってしまう。カロリーの高い、太りやすいものばかりなので、亜梨栖はろくに食べてくれない。

義母のダイエット料理は、亜梨栖もイヤがらずに食べるみたいで、ここ数日、血色のいい顔をしている。

「俊也くん。もう行くの？　朝ご飯は？」

義母は不思議そう、というよりはいぶかしそうな表情を浮かべながら聞いた。

「ごめん。もう行くよ。食べる時間ないけど、コンビニで買ってなにか食べるよ。義母さんのご飯、食べられなくて残念だけど」

「そうしなさい。栄養バランスを考えてちゃんと食べるのよ。俊也くん。どうしたのよ。このところ毎日じゃないの。朝は早いし、夜も遅いし……」

「学校で勉強してるんだ。図書館だと静かではかどるんだよ」

部活にも入らず、委員もしていない俊也は、勉強ぐらいしかネタがない。中間テストが終わったばかりで期末テストにはまだ間があるため、かなり苦しい言いわけだった。

「俊也くん。こっち見なさい。病気……じゃないわれ。なんか悩みでもあるの？　表情が冴えないわよ。亜梨栖もなにか様子がヘンなのよねぇ」

「べ、別に」

——義母さん。するどい。

俊也はぎくぎくっとしたが、顔に出さない努力をした。夜勤だの準夜勤だの、急患による病院からの呼びだしだの、忙しい思いをしている由梨子だが、ちゃんと目配りをしてくれていて、ほんとうの母親みたいだ。

「俊也くん、はい。お弁当作ったわよ。持っていきなさい」

「ありがとう。義母さん」

「たまにしか作れないけどね」

父親との二人暮らしが長かったから、お弁当をつくってもらえるのは新鮮な体験で、うれしさに顔がほころんでしまう。俊也はほこほこと温かいお弁当箱を学生カバンにそっとしまった。

「おはよう。どうしたの？　お兄ちゃん。もう行くの」

亜梨栖が目をこすりながらリビングにやってきた。ぬいぐるみを抱いている。パジャマ姿で、髪も寝乱れたままだ。甘い肌の匂いが漂っている。

——かわいいなぁ。

パジャマの胸をぱっつんぱっつんに押しあげている胸のふくらみや、腰のあたり、股間やむちむちの太腿に目がいく。ウエストのあたりが心なしかすっきりして見える。

——少し痩せたかな……。

亜梨栖の裸身が脳裏にパッと浮かんだ。エッチな表情を浮かべていそうで怖い。まぶしくて、亜梨栖の顔をまともに見られない。俊也はそっぽを向いた。

俊也と亜梨栖は、一線を越えてしまった。弾みみたいな出来事とはいえ、照れくさくて面《おも》はゆくて申しわけなくて、それでいて愛しくてならず、どうしていいかわからなくなった。

困り果てたあげくに俊也がやったのは、亜梨栖と顔を合わせる時間をなるべく少なくすることだった。

「あ、ああ、おはよう」

目を伏せて横を通り過ぎようとしたとき、義妹が俊也の腕をきゅっとつかんだ。

唇を尖《とが》らせながら俊也を見あげる。

「最近、おかしいよっ。お兄ちゃん。どうして私を避けてるのよっ！」

「もう、あんたたちどうしたの？　亜梨栖、俊也くんを離してあげなさい」

「別に」

「お母さん。ひどいんだよっ。最近、お兄ちゃんってば、私を避けてるんだよっ。私を嫌いになったんだっ！」

「亜梨栖がつけている日記、勝手に読まれたらどうする？」

「ブログ日記なんか、読まれても平気だもん」

「違うわよ。誰かに読んでもらうためにつけてる日記じゃなくてね、内緒でつけてる日記帳よ。あ、そうか。今の子は、内緒の日記なんてつけないか。たとえを変えるわ。亜梨栖のケータイ、誰かにメモリーを見られたらどうする？」

「いやだけど」

　突然の話の変化に、亜梨栖はわけがわからないというような顔をして、母親をじっと見ている。

「ああいう漫画っていうのは、男の子にとって、ケータイの中身みたいなものなの。ヒミツにしておきたい部分なのよ。それを亜梨栖が勝手に読んじゃったわけだから、俊也くんが照れたり怒ったりして当然なの。お兄ちゃん、隠してたでしょ？　それをわざわざ出して読んだんでしょ？　亜梨栖が悪いわよ」

——うわっ。義母さん。ほんとうに検索したんだ！

一週間ほど前の夕食のとき、亜梨栖が、KスポットとGスポットの意味を義母に聞いた。義母は律儀《りちぎ》に検索して調べ、俊也が読んでいた漫画の種類を類推したらしい。

だが、カンのいい母親も、二人が一線を越えたことまでは気づいていないようだ。

俊也が亜梨栖を避けているのは、エロ漫画を読まれた気まずさからだと思っている。

——よ、よかった。誤解してくれて……。

「う、うん。そうかも……たしかに私が悪いかも……でもでもっ、お兄ちゃん。しつこいよ！」

「俊也くんは微妙な年頃なのよ」

俊也はもう真っ赤だ。理解のある母親というのも困りものだ。

まるでサカリのついたオス犬みたいな言われ方に少しばかりキズついてしまう。

——僕って確かにサカリのついたオス犬かも……。いくらかわいいったって、義妹に手を出してしまうんだから。うう。父さん、ごめん。せっかくできた家族なのに、僕がメチャクチャにしてしまうかも……。

「行ってきますっ！」

俊也は弁当をカバンに入れると、あわてて玄関に向かった。

「お兄ちゃんのバーカッ！　そんなに怒ってばかりじゃ嫌いになっちゃうぞーっ」

「亜梨栖、メッ!!」

亜梨栖の怒鳴り声と義母が叱りつける声が背中のほうで響いている。

ドアを閉めてエレベーターで階下に降り、エントランスを出ると、春の早朝の強い風が俊也の体をなぶった。

マンションを出て、自転車置き場から自分の自転車を取りだし、サドルにまたがる。

春は気候が一定しないが、今日はことのほか寒いようだ。春の朝は、あざやかなほど透明な青空の色に染まっている。

前カゴに学生カバンを入れたとき、カバンのなかのケータイの硬い感触に指が触れた。

——お兄ちゃん。私を嫌いになったんだ。

——そんなに怒ってばかりじゃ嫌いになっちゃうぞ。

妹の声がまだ耳のなかに残っている。

俊也は、義妹との距離の取り方を計れないでいた。恋人として交際できたらいいなと思う一方で、兄妹として接するべきだと理性が言う。春の天候と同じで、気持ちさえも揺れてしまい、なかなか思いが一定しない。

——やっぱりご機嫌を取るべきだよな。

亜梨栖は大事な家族だ。義妹としても、義妹を超えた部分でも亜梨栖が大事だ。

俊也は、ケータイをカバンから取りだした。

親指で数字盤を押し、メールを打つ。

【ごめん。さっきは僕が悪かった。怒ったか?】

【ぁたしゎ↓怒ってなぃょ　悪ぃのゎ↓お兄ちゃｎだけどぉ】

すぐにメールが帰ってきた。いまどきの女子高生らしい小文字を駆使した文面に、思わず笑みがこぼれてしまう。

【プリン、おごる】

【ゎかった　PM4：00↓中庭　どぉ?】

【OK】

【よし、ゅるしてぁげる。ぅゎぁ、ぉかぁさn、ぉこってるぅ、じゃぁ】

パジャマ姿でケータイを打つ亜梨栖と、叱りつけている由梨子の様子が目に見えるようだ。

俊也はほくほくと笑いながら、ケータイをカバンに入れた。

☆

俊也は、渡り廊下に立って雨を避けながら、ケータイの液晶表示を眺めていた。

——出ないなぁ。亜梨栖のやつ。どうしたのかなぁ。

中庭に四時と指定してきたのは義妹なのに、中庭には誰もいなかった。雨に煙《けぶ》る中庭は、噴水が漫然と水を噴きあげ、パンジーやチューリップがむなしく雨に濡れている。

朝は天気がよかったのに、昼頃から雲行きが怪しくなりはじめ、六時間目の途中あたりから雨が降りだした。次第に雨足が激しくなり、今では大雨になってしまっている。

遅れるなら電話の一本ぐらいよこしそうなものだが、電話もメールも到着しない。

——あっ。そうだ。学校の中庭がここだってこと、あいつ、知らないんじゃないのか！

中庭は奥まっていて目立たないため、待ち合わせにはちょうどいいが、一年は知らないかもしれない。入学してまだ半月程度なのだから。

——あ、そうか！　中庭って、マンションの中庭だっ!!

俊也は渡り廊下を走り、自転車置き場へと急いだ。

☆

亜梨栖はエントランスのガラス壁に背中をつけて雨を避けながら、マンションの中庭をじっと見ていた。銀の針のような細い雨が絶え間なく地面を叩く様子を見ていると、ぞくぞくと寒くなる。花壇の花も寒そうに縮こまっている。

――もう、寒いよぉ。お兄ちゃん。遅いなぁ。もう四時は過ぎているはずなんだけどなぁ。今、何分頃かなぁ。

いつもは忘れたりしないのに、一度家に戻って出てきたため、今日に限ってケータイを忘れてしまった。ケータイがないと時間の確認もできない。

――家に戻ってお兄ちゃんのケータイに電話したほうがいいのかな。でも、その間にお兄ちゃんが来たら入れ違いになっちゃうしな。

――お兄ちゃんは私がみっともないから、嫌いになったのかな。私ってば、なんで、セックスなんかしちゃったのかな。私のみっともない身体、どうしてお兄ちゃんに見せちゃったのかな。

「う……」

胸の奥がぐっと熱くなり、目頭が熱くなった。

――あいつ、ちょいプニどころか、ブスデブだよなぁ。走るより転がったほうが早いんじゃねぇの。

中学のときの同級生に言われたいやな言葉が耳に甦《よみがえ》り、涙がこぼれた。

――あれはもう昔のことだよっ!

高校生になった。引っ越しもした。新しい家族ができた。中学のときのクラスメートとはもう顔を合わさなくていい。中学のときの情けない自分とはお別れをした……はずだった。

なのに、中身は少しも成長していない。

違う。体型が変わらない以上、中身なんか変わらない。

「うぇ……ひくっ、ひぃん……」

手の甲で涙を拭《ぬぐ》いながらしゃくりあげる。いったんこぼれてしまった涙はどうしたってとまらない。雨に煙《けぶ》る中庭の景色が、よりいっそう煙って見えた。

マンションのエントランスから入口に向かってまっすぐ道が伸びている。マンションの周囲を取り囲む中庭には、花壇とベンチがある。入口の向こうはアスファルト道路だ。いつもはそれなりに往来があるのだが、この雨のせいなのか、ウソのように人通りがない。

雨のカーテンの向こうから、自転車がスウッと走ってきた。詰め襟の少年が乗っている。ずぶ濡れの少年は、亜梨栖に向かって片手をあげて合図した。

「よお」

「えっ。ウソ……」

学校はバスで二駅の近距離だ。俊也の自転車通学は晴れているときだけ。雨だからバスで帰ってくると思っていた。亜梨栖は制服が汗くさくなるのがイヤなのでバス通学をしている。

俊也は、自転車を降りて押しながら、マンションの入口へと入ってきた。

——ほんとうにお兄ちゃんだ……。

亜梨栖は、手の甲で涙を拭くと雨のなかを走り寄り、傘を俊也に差しかけた。

「お兄ちゃん。遅いっ！」

「ごめん。遅れた。学校の中庭だと思ったんだ」

「えっ？　学校に中庭って、あった？」

「うん。新校舎の奥……傘はいい。亜梨栖まで濡れる」

俊也は片手をあげると、差しかけた傘を亜梨栖の頭の上に来るように押し戻した。

「ごめん。私、知らなかったの。お兄ちゃん。家のなかに入ろうよ。ね？」

「わかった。ちょっと待ってくれ。今、自転車、置いてくる」

亜梨栖は傘を開いたままで降ろした。春の雨は冷たくて痛いほどに身体を叩くが、俊也を待つあいだ、自分だけ傘を差しているのが悪いような気がした。それに雨が涙を隠してくれる。義兄の前で、情けない顔はしたくない。

「早く入ろう。亜梨栖まで濡れる」

ずぶ濡れの俊也とほんのりと雨に濡れた亜梨栖は、ひとつの傘の下で二人して肩を寄せ合うようにして歩きだす。

「ごめんな。いちお、電話したんだ。でも、出なくて」

「ううん。私こそ。ケータイは家に忘れちゃって出れなかったの。そうよね。普通、マンションの中庭で待ち合わせたりしないよね。ここって、お花がいっぱい咲いてて綺麗だから、待ち合わせにいいかなって思ったの」

「ああ、なるほど……確かに。プリンはまた今度だなぁ……いっそ作るか」

「いいよ。別に。お兄ちゃんが来てくれたんだからそれで」

俊也は、雨のなか、ずぶ濡れになりながらも、亜梨栖に会うために急いで自転車を走らせてくれた。それだけで充分うれしい。

亜梨栖は俊也に腕をからめ、肩に側頭部をくっつけて歩いた。

俊也は照れくさそうに目を逸《そ》らしながらも、子猫のようにまとわりつく亜梨栖を振りほどこうとしない。

「おい、歩きにくいぞ。亜梨栖まで濡れる」

「いいの。濡れても。私、お兄ちゃんと同じになりたい」

エントランスからなかに入り、ちょうどドアが開いたエレベーターに乗る。

誰もいないのをいいことに、亜梨栖は俊也の腕を取り、おでこを肩にスリスリさせてなつく。乳房の脇が俊也の腕に当たる。

「えへへーっ。よかった。私……お兄ちゃんに嫌われたのかなって思ってた」

みっともないから、と心のなかでつぶやく。

「は？　なんでだ？　なんで嫌わなきゃならないんだ？」

「だってお兄ちゃん。もうずっと、私を避けてたっ！　目も合わさなかった!!」

「ごめん。照れくさかったんだ。面《おも》はゆいっていうか。どんな顔をしていいかわからなくて……」

亜梨栖はびっくりして俊也を見た。そんなこと、考えたこともなかった。

——ふうん。そうかぁ。お兄ちゃんも照れくさいのかぁ……。お兄ちゃんって、そんなタイプじゃないと思ってたけどなぁ……。

俊也は亜梨栖よりひとつ上で、イヤがらずに学校に行っていて、ごく普通に友達がいる。体型も普通だ。運動も普通にできる。

それがどんなにすごいことか、亜梨栖はイヤになるほど知っている。

俊也は亜梨栖のわがままをハイハイと聞いてくれる、やさしくて泰然とした存在だった。だから、俊也の「照れくさい」発言に目を見張ってしまう。

「お兄ちゃん。カワイイねッ!!」

きゃははっと笑うと、俊也はまいったな、というような顔をした。

☆

「お湯入れるから、先に風呂入れよ。ほれ、タオル」

俊也は、乾いたタオルを亜梨栖に投げてよこした。玄関先で、身体を屈めて濡れたソックスを脱いでいた亜梨栖は手をあげたが、うまくキャッチすることができず、頭にタオルがかかる。

ソックスを脱いでいるため、お尻を突きだす形になっていて、スカートの陰から、シマシマショーツに包まれたぷりぷりのお尻がのぞいている。

亜梨栖はそのまま身体を起こすと、タオルで髪を拭いた。

「ううん。私よりお兄ちゃんが先だよ。私、そんなに濡れてないからいい」

「そうでもないぞ。亜梨栖もけっこう濡れてるぞ」

セーラー服が肌に貼りつき、ブラジャーの線がくっきりと浮かびあがって見える。まるで泣いたあとのようにうるんだ瞳と、上気した頬、赤く染まった耳たぶからうなじのラインが、妙な情感を感じさせてドキドキする。

濡れたせいか、フローラルシャンプーと体臭の入り交じった甘酸っぱい匂いが、悩ましく香った。

さっき、エレベーターのなかですりつけられた乳房の感触が腕に甦《よみがえ》った。

――まずいな……。

股間はもうパンパンになっていて痛いほどだ。

「わかった。先に入るぞーっ。入ってくんなよーっ」

「バッカねーっ。入らないよーだっ！」

口の端に指をかけてイーするところがかわいい。

子供っぽい仕草とよく動く表情、それでいて制服がはちきれるのでないかと心配するほどのぷりんぷりんの胸もと、成長途上のむっちりと肉の乗った身体。

大人っぽいようでどこか未熟。マセてるくせに子供っぽい。

十五歳の亜梨栖は、どこかいびつで不安定だ。

☆

俊也は水道の蛇口《じゃぐち》をひねって湯船にお湯を入れてから、体に貼りついて脱ぎにくい制服を苦労して脱いでいった。単純作業に気持ちがまぎれ、興奮がゆっくりと覚めていく。

――すげえな。トランクスまで濡れてら……。

トランクスを脱いだまさにそのとき、更衣室のドアが開いた。あわてて手で股間を隠す。

「ひゃんっ」

義妹が、濡れたソックスを片手に持ち、タオルを肩にかけて立っていた。びっくりした顔をして、口に手を当てている。亜梨栖はムスっとした口調で文句を言った。

「お、お兄ちゃんっ。とっくにお風呂に入ってると思ってたっ。なんでゆっくりしてるのよっ！　もう最低っ！」

「ご、ごめん……そ、その……」

しどろもどろに言いわけをする俊也だが、ペニスがむくむくと大きくなる。手で隠せないほどになった。

──うわ。マズイ。どうしよう。

亜梨栖の顔が、だんだん赤くなっていく。

だが、義妹は、普通の少女のようにキャーと悲鳴をあげたり、いつものようにものを投げつけたりせず、意外な行動に出た。

ニヤッと笑い、明るく言ってのけたのである。

「お兄ちゃん。お風呂、一緒に入ろうか？」

「そんな、そんなこと……」

「いいからいいから」

義妹は、洗面所のドアを後ろ手に閉めると、くるくるとセーラー服を脱ぎ、スカートのホックをはずした。

水気を含んだヒダスカートは、義妹の周囲に丸い輪を描いて落ちる。もうソックスは脱いでいるので、キャミソールとショーツだけになってしまう。

俊也はあわてて風呂場に入り、ちょうどよくお湯がいっぱいになった湯船に飛びこむ。

——うわーっ。僕ってバカだっ。逃げるつもりなら、部屋に行ったほうがよかったんじゃないかっ。

「えへへ～。お邪魔しまーすっ」

亜梨栖はにぱにぱと無邪気に笑いながら、お風呂場へと入ってきた。胸でタオルを押さえて身体の前を隠しているものの、豊満な乳房は隠しきれずにふくらみの脇のほうが丸見えだ。歩くたびにタオルが動き、ちらちらとヘアがのぞく。

義妹は、軽くかかり湯をしてから、湯船に足を入れた。

見ないようにしたつもりだが、その瞬間、秘部を下から覗きこむ形になってしまい、かっと体が熱くなる。

俊也はズリズリと尻をずらせて湯船の隅に避難し、お風呂場の隅をじっと見た。足先が亜梨栖のふくらはぎだか足首だかに当たってしまったので、足を折って正座をする。

「お兄ちゃんっ。そっぽ向いてないでこっち見てよっ！」

亜梨栖の声がいらだちを帯びて響く。

怒りだす寸前の声だ。一緒に生活しはじめて一カ月半なのに、どこから亜梨栖の機嫌が変わるか、ギリギリのラインがわかってきた。

俊也はしぶしぶ前を向いた。

妹が、湯船のなかで立っていた。タオルで股間を隠しているが、ロケットのように前に突きだした乳房も、平らなお腹からお尻のラインも丸見えだ。

「私、かわいい？」

「もちろん、かわいいよ」

「えへへーっ。お兄ちゃん。大好きだよーっ」

亜梨栖が抱きついてきた。

首に腕をまわし、頬に頬を当ててスリスリする。小さな膝小僧が俊也の膝を押し、大きな乳房が胸板を押す。ぷるんぷるんの乳房と、ポチッと硬い乳首がこすりながら左右に動く感触がたまらない。

「うっ、くっ」

ペニスが勃起し、腰が弾む。

俊也は、亜梨栖に背中を向けて湯船を出た。

「どうしたの？」

「えっと、そ、そうだ。体、洗おうと思ってっ！」

亜梨栖は湯船からざばっと音をたてて出ると、お湯の匂いのする身体で、俊也の背中に抱きついてきた。

「じゃあ、私、洗ってあげる！　お兄ちゃんっ。立ってないで座ってよっ。私に背中を向けてほしいんだ」

俊也は、ギクシャクと腰を降ろした。

亜梨栖はマッサージタオルでボディシャンプーを泡立てると、わりとていねいな手つきで背中をこすってきた。

「ひゃくんっ」

ろくにお風呂で温まっていない亜梨栖の手は冷たくて、驚きのあまり間の抜けた声があがってしまう。

「二百」

亜梨栖が合いの手を入れてきた。俊也がつづける。

「三百」

「四百……あははっ。お兄ちゃん。おっかしいっ。ノリがいいんだからぁっ。もうっ！」

「亜梨栖の手が冷たいからびっくりしたんだよ。雨に濡れたし、しっかり温まらないと、風邪《かぜ》ひくぞ」

「お兄ちゃん。好き……」

亜梨栖が俊也に抱きついて頬に頬をくっつけた。

セッケンだらけになった背中はすべすべで、密着した乳房がヌルッとさがる。

「ふふっ、これ、おもしろーいっ」

亜梨栖は俊也の背中に乳房を密着させたまま、前後左右に身体を揺すった。ぷるんぷるんの乳房がセッケンを泡を潤滑剤にしてヌメりながら背中でうごめく。

ポチッと硬い乳首が、やわらかいばかりの乳房の感触のアクセントになっている。

「えへへ。どう？」

「………」

俊也は返事ができなかった。気持ちよすぎて、うなり声がもれてしまいそうだった。

「もう、なんとか言ってよっ！　気持ちいいのかって聞いてるのッ!!」

「き、気持ちいい、けど……」

「けど、なによっ。うざったいんだからっ。もうっ」

背中で亜梨栖が手を振りあげる気配がした。

俊也は身体をすくめ、頭に手をまわしてガードする。

「いてっ。叩くなっ。叩くなってばっ」

「まだ叩いてないよっ。叩こうとしただけよっ」

亜梨栖は、振りあげた握り拳をスッとおろした。亜梨栖の気持ちをわかってくれて、行動を読んでくる義兄に、好きがどんどん強くなる。

「そういえば、前んときも、いっぱい叩いちゃったね。ごめん」

義兄のお腹を抱くようにして腕をまわし、手探りで股間をまさぐる。ペニスはもうギンギンになっていて、亜梨栖の指先を弾きかえすほどになっていた。

ビクビクと動くところがおもしろい。まるでそこだけ違う生き物みたいだ。見えないから怖くない。亜梨栖は義兄のペニスを指先でつんつんして反応を楽しんだ。

「その、亜梨栖……。いちお、兄妹だし、こういうの、よくないと思うんだ……」

「ほんとうの兄妹じゃないし、平気でしょ?」

「僕はほんとうの兄妹になりたいんだよ……せっかくできた家族なんだから、仲良くしたいんだ……」

「恋人になればいいんじゃない?　いっぱい、いっぱい、仲良くしようよ」

「で、でも……」

「もう、お兄ちゃんっ。私を嫌いっ、それとも好きっ!?　はっきり言ってよっ。でなきゃ、コレ、引っかいちゃうゾッ！」

亜梨栖は男根に爪を立てた。

ふざけただけなのに、俊也は亜梨栖の手を両手で押さえた。

「うわっ、や、やめてくれっ。好きだっ。好きだよっ！」

亜梨栖の手がペニスを押さえる形になり、ドクドクと脈動する気配が手のひらに伝わってくる。指先でいじっているときは平気だったのに、大きさと迫力に怖くなり、声がうわずってしまう。

「んっ……んんんっ……はぁ……」

「うっ……」

俊也がうなり声をあげた。

密着している背中越しに、俊也がさも気持ちよくてならないとばかりに上半身をわずかにひねり、筋肉の緊張をゆるめたことが亜梨栖にもわかった。

「お兄ちゃん……。私の手、気持ち、いい？」

「ああ」

「じゃあ、私、もっと触ってあげる」

「うん。そうだね。触ってほしい……」

俊也の声も、欲望にかすれている。

「じゃあさ、こっち向いてよ。ううん。そうだね。湯船に腰をかけてよ」

「こう？」

俊也は立ちあがり、湯船に腰をかけ、股をゆるめた。

勃起したペニスを義妹に見せるのが照れくさくてそっぽを向いていると、義妹は膝でにじり寄ってきた。

目がとろんとして、はぁ、と熱い吐息《といき》をついている。上気した頬も、恥ずかしそうに伏せたまつげも、これが見慣れた義妹なのかと思うほどにセクシーだ。

「こ、こんな感じで、いいのかな？　よっ、よっ、しょっと」

小さな手が肉竿にからみつき、ぷにぷにの指が圧迫しながらしゅっしゅっしゅっしゅっと前後する。

こわごわやっているので、感触はソフトで単調だが、義妹の真剣でエロティックな表情を見ているだけでドキドキする。

「うん。いいよ……いい感じ……」

「あ、なんか出てきた。精液？」

「違うよ。先走り液」

「ふうん。舐めていい？」

「えっ、そ、その……うわっ」

亜梨栖の口から出た小さな三角の舌が、先端の鈴割れをチロッと舐めた。俊也は、くっ、と声をあげて体をすくませる。

「まずくもないけど、おいしくもないね。ってか、ちょっと生臭いだけで、味がしないや」

「舐めるの、いやか？」

「ううん。だいじょうぶだよ。私、お兄ちゃんが気持ちいいこと、いっぱいしたいの」

亜梨栖はあどけなく笑うと、肉茎の根元を持ち、先端の剝けたところをぺろぺろと舐めしゃぶりはじめた。

「ちゅっ……んっ、んんんっ、ぺろぺろっ」

唾液の乗ったやわらかい舌が、敏感なところを這いまわる感触に、思わず腰が弾んでしまう。

「うっ」

亜梨栖が目だけを上にあげて俊也を見た。小首を傾《かし》げて考えこむ様子をしている。

「ここ？　お兄ちゃん。ここが感じるの？」

俊也は迷った。ＹＥＳと答えると、亜梨栖は鈴割れのところを重点的に舐めまわすだろう。すぐに射精してしまうのは目に見えている。せっかくいい感じになったのだから、もっとゆっくり楽しみたかった。

「そうだけど、そこは感じすぎて痛いんだ。だから、フェラは、全体を舐めてほしい」

「あっ、フェラって言葉、私、知ってるっ。お兄ちゃんのエロ漫画に載《の》ってたやつでしょ？　フェラチオって言うんだよね!?」

亜梨栖が言うと、俊也の顔が照れくさそうに赤くなり、ペニスがやや元気を失った。

「あっ、やだっ、どうしてよっ。ちょ、ちょっと元気なくなっちゃったじゃないっ!?　えいっ。元気を出せっ。このっ!!」

亜梨栖は、乳房を両手で下から持ちあげるようにしながらにじり寄り、亀頭を指先で引っ張りあげて胸乳の間にふにっと挟んだ。

「う、うわっ、亜梨栖、亜梨栖ぅっ!!」

元気を取り戻させようと思って、とっさにやっただけの行為なのに、俊也の騒ぎようはすごかった。

「こんなのが気持ちいいの？」

「あっ、ああっ、いいよっ、き、気持ち、いい。ぷりんぷりんのおっぱいで圧迫されて、温くって……うっ、ううっ」

「じゃあ、こうすればもっと気持ちいいのかな？」

亜梨栖は、乳房を内へ内へと寄せるようにして、真ん中の男根を押し揉んだ。

――すごぉい、ドクドクしてる……。

灼熱のペニスを胸の谷間で感じながら、乳房を押し揉んでいると、身体がせつなくなってくる。

秘唇がムズムズして、愛蜜がトロリと落ちた。ミルク系の甘い匂いが鮮明に立ちのぼる。

――もっとないかな。お兄ちゃんを気持ちよくさせてあげること……。

美しい曲線を描く乳房の谷間から、亀頭が顔を出している。鈴割れの部分から、先走り液がトロトロと落ちていた。

オープンカフェでアイスコーヒーに入れるガムシロップみたいでおいしそうだ。

――でも、先っぽ、お兄ちゃん、痛いって言ってた……。でもでも、舐めたい……。お兄ちゃんのは、全部欲しい。

少し考えたあと、顎を引き、舌先をチロッと亀頭に這わせた。

「ううううっ、あ、亜梨栖っ」

舌をいっぱいに出し、亀頭をチロチロと舐める。

乳房の内側のペニスのビクビクが大きくなった。

――うふふ。お兄ちゃん。気持ちよさそう……。

「んっ、ちゅっ、ちゅぱっ、ちろちろっ」

亜梨栖はよりいっそう舌を動かした。口の端からよだれが垂れ、顎を汚す。亜梨栖のかわいい鼻孔から出る息で、陰毛がそよそよしている。

「んっ、んんんっ、はぁ……んっ、んっ、ちゅるっ、んっ」

もっと俊也を興奮させたくなった亜梨栖は、今度は鈴割れの内側に舌先を突っこんで、しゅぱしゅぱと左右に掃いた。

「う、うわっ、亜梨栖っ、だ、だめっ、だめだっ」

強烈すぎる感触に俊也の腰がガクガクと突きだされる。


俊也はもうたまらなかった。

「うわっ、亜梨栖っ、ううっ」

舌先のツブツブが亀頭の鈴割れのなかに入りこみ、尿道口にめりこんで左右に掃く。

強烈な刺激に、我慢もなにもあったものではない。

腰の奥で熱い溶岩が煮えたぎり、出口を求めて荒れ狂う。輸精管を遡《さかのぼ》り、とば口を押しあげて、精液が噴出した。

「うっ、で、出るっ。ご、ごめんっ」

亜梨栖は、口からペニスをもぎ離すと、不思議そうな顔つきで射精をはじめたペニスを見ている。

鼻先に精液がかかるが、一瞬目をまぶしそうに細めただけだ。赤い三角の舌が出て、唇についた白濁液を舐め取った。苦そうに顔をしかめるところがかわいい。小首を傾《かし》げ、口腔をそっと開き、先端の肉の実をぱくんと咥《くわ》えた。

義妹の熱い口のなかにじゅっぷりと包みこまれる感触に、勢いが弱くなっていた精液が、また勢いを盛りかえす。

亜梨栖は、まるで精液に酔ってしまったようにとろんとした顔をして、舌を丸めて射精の勢いを殺してから、口腔に溜まった精液をすすりこむことを繰りかえしている。

義妹が精液を呑みこむとき、舌の腹が波打つようにうごめき、喉奥へと吸引されるものだから、睾丸のなかで作ったばかりの精液までも吸引されそうで興奮する。

——亜梨栖。すげぇエッチな顔をしてる……。

ナマイキで横着、無邪気な義妹の、意外な顔に見とれてしまう。

——亜梨栖って才能あるんじゃないか。パイズリとフェラチオすげぇうまい。エッチだし……。どうやら僕をほんとうに好きみたいだし。あんなことやこんなことを教えこんで……。高校一年になったばかりなんだ。僕の好みに調教することだってできるのかも……。

ついついオヤジくさい妄想を紡《つむ》いでしまう。

――バカバカッ。僕はいったいなにを考えているんだ……。妹なんだぞっ！

だが、わずかに起こった罪悪感やうしろめたさは、射精の瞬間のかっと来る気持ちよさに追いやられていく。

亜梨栖は、ちゅぽっと音をたてながら唇を離した。

「やだもう、お口、疲れちゃった……」

横座りになったまま、口の端から垂れた精液を指先で拭いているところが、ひどく淫らで、ドキッとしてしまう。

「ごめん」

「ううん。お兄ちゃんが気持ちよくなってくれたら、それでいいの」

にこっと笑った様子は、いつもの亜梨栖の顔だった。胸の奥がキュウと鳴った。

――ああ、もうだめだ。なんてかわいいんだ。亜梨栖は。

エロティックにとろけた顔と、無邪気な笑顔の落差にクラクラし、この義妹のいろんなところをもっと見たいと思ってしまう。

「今度は、僕が気持ちよくさせてあげるよ。えっと、そうだな……四つん這いになってくれないか」

亜梨栖はのろのろと姿勢を変えると、バスマットの上で四つん這いになった。

俊也がゆっくりと身体を起こし、亜梨栖の背後にまわりこむ。

「このままだよ」

尻タブに触れた指が、左右にお尻をぐっと開き、秘部を露出させる。亜梨栖がひゅっと息を呑み、身体をすくませた。

「や、やだっ。恥ずかしいよっ。いやっ」

「濡れてるよ」

——えっ？

フェラチオでは快感はなかった。息苦しくて頭がぼうっとなっただけだ。なのに、どうして濡れるのだろう。

「やだっ、恥ずかしいっ。ひどいよぉっ。いやぁああっ」

亜梨栖は恥じ入って悲鳴をあげた。濡れてると言われると、エッチな女の子になったみたいで恥ずかしくなる。

「入れてあげるから、もっとお尻あげてよ」

女子高生になったばかりの十五歳は、処女太りのふっくらした身体つきをしているのに、お尻だけは少年のようにキュッと締まっている。お願い、もっと見てちょうだいとばかりに左右に揺れながら腰をおずおずとあげていく。

「見ないで……恥ずかしい……お兄ちゃん」

——見てる。お兄ちゃん。私の、アソコ……。私も、見たコト、ない、のに……。

ぷくぷくの大陰唇も、花びらのようなラビアも、その奥の桃色の粘膜も、みっしりとヒダを集めてすぼまった膣口やクリトリスも、お尻の穴さえも見られている。

肌がピリピリして視線が痛い。下腹の奥がムズムズした
——い、いや、見てるだけ、なんて……。触ってよ。お兄ちゃん。

亜梨栖は唇をきつく噛んで、はしたないおねだりをしそうな自分をいさめた。

俊也の指が亜梨栖の花びらに触れた。

「あんっ」

俊也は、粘膜をめくりかえして、繊細な粘膜をチェックするようにしていじりはじめた。

——どうしたの？ お兄ちゃん？ なんかさっきと違うよ。

亜梨栖のエッチさと真摯《しんし》さが、俊也をその気にさせてしまったのだとは気づかずに、義兄の変化にわずかな不安を覚えてしまう。

義兄の指が、膣口に沈んだ。

「きゃんっ」

痛いかなと思い、一瞬身体がすくんだが、ぜんぜん痛さは感じない。

俊也は、まるで角度を確認するように、指の腹で膣ヒダを探り、ザラザラする感触

を楽しんでいる。

下腹の奥がキュウウンッと痛んだ。痛くないことがもどかしかった。もっと強い刺激が欲しかった。

――お兄ちゃん。入れてよ。チ×ポ、入れて。奥が疼くの……。指じゃダメ。奥まで届かないんだもんっ。おヘソの下が、ズクン、ズクンって疼くのよ……。

見えない手で搾りあげられたように、キュウと下腹が収縮し、ドロッと濃い蜜を吐いた。

「あっ、あぁあっ、あんっ、お、お兄ちゃん」

亜梨栖はお尻をクナクナと振った。


「う、うわっ」

俊也の指を熱く包みこんでいる膣ヒダが、指にちゅるちゅると吸いついてくる。

亜梨栖のなかは、熱く濡れていながらもツブツブザラザラしている。それが、指を奥へ引っ張りこむようにして蠕動《ぜんどう》する。

俊也はペニスを取りだすと、亀頭をスリットに当てた。先端を、秘裂にそって前後させる。クチュクチュと音が鳴り、カウパー腺液とバルトリン腺液、それに亜梨栖の唾液が混ぜ合わさっていく。

「あっ、んんっ……お兄ちゃぁん……ぃ……て……」

膣口が物欲しげにヒクつき、ふっくらした身体つきにかかわらず、小さなお尻が俊也のペニスを追って前後する。

——あれっ。亜梨栖、入れてって言ったのか？

「あん……ほ、欲しいの……い、入れて……」

「なにが欲しいのか言ってごらん」

一度射精している俊也は、亜梨栖より余裕があった。

全身でおねだりする亜梨栖がかわいくて、亀頭でスリットを前後して焦らすと、腰がペニスを追いかけてきた。

「い、入れて……ほしいんだよぅっ……お兄ちゃぁん……」

「なにが欲しいのか言ってくれなきゃ、入れてあげないよ」

「チ×ポを入れてほしいのよぉっ。ひどいんだからっ!!　いじわるするんなら、殴っちゃうゾッ!!　チ×ポって言えばいいのっ!?　そんなもの、何度でも言ってやるわよっ!!」

亜梨栖が突然、腹立たしげな口調で叫んだ。後背位なので顔は見えないが、キッとした表情が思い浮かぶ。

「ごめんごめんっ」

俊也は苦笑してしまった。こういうときエロ漫画だとヒロインは、恥じらいながら卑語を紡《つむ》ぎ、官能に打ちふるえるのに、殴っちゃうぞ、とはいかにも亜梨栖らしかった。

「もう、早くしてよねッ！　下腹がね、キュンキュンして、ガマンできないんだってばっ!!」

「はいはい」

——かわいいなぁ。

頬をふくらませている顔さえ、見えるような気がする。

俊也は、えくぼ状のヘコミを刻んでいる双臀の脇をしっかりと持ち、色っぽく揺れる腰を固定するとペニスを挿入していった。

「あ、あれ？」

俊也はとまどった声をあげた。

はじめてのセックスはあんなに挿入に苦労したのに、思っていたよりもやすやすと入っていく。熱く濡れた膣ヒダが、四方八方から押し寄せて、男根を弾きだしそうな迫力でもみくちゃにする。

亜梨栖の膣は、さながら蛇腹《じゃばら》のポンプみたいに規則的に狭い部分がある。そこがひっかかる感じがするが、その抵抗感がちょうどいい。

「あん……お兄ちゃぁん……っ……イイよぉっ！」

亜梨栖のむっちりと肉のついた背中からくびれの少ないお腹のラインを見ながら、ペニスを挿入していくと、亀頭が硬いボール状のなにかに触れた。

——あっ、これ、子宮口だ。

「ああっ、な、なにこれっ、イイッ!!　イイのぉっ!!」

亜梨栖は、ブルブルッと身体をふるわせ、腕を折った。頭がさがったぶん腰の位置があがって挿入の角度が変わり、先端の肉の実が硬くて丸い子宮口をグリッとえぐった。

「奥がいいのか？　下腹がキュンキュンするんだって言ってたよな」

俊也は、のんびりした口調で言うと、ペニスを深く挿入したままで、小刻みにペニスを前後させ、子宮口をコツコツとノックした。

亜梨栖は悲鳴をあげてのけぞった。

「やだっ、やぁあんっ、だ、だめっ、ソコ、だめっ！」

おヘソの下、下腹の内側に、ウズウズするなにかがある。そこから身体全体に振動がビリビリッと伝わって、見えない手でつかみあげられたみたいにキュキューッと甘痛い刺激が襲う。

腰全体が痺れるような、甘い毒のようなその刺激に、身体全体がガクガクとふるえてしまう。

「それって子宮じゃないのか？」

「えっ？　そ、そんな……ち、違うもんっ……そんなのが感じるわけが……。わ、私、そ、そんな、イヤラシイ子じゃないもん……あぁぁあぁあああっ」

俊也は、亜梨栖のお腹に手をまわして固定すると、子宮口を押しつぶすような感じで、ゴツゴツと律動する。子宮頸管粘液《しきゅうけいかんねんえき》がドブリと出て、膣ヒダ全体がよじれるように締まった。

「うっ。亜梨栖っ。亜梨栖ぅっ!!」

「あんっ、あああっ、だめっ、やぁんっ、やだぁあああっ」

義兄の手が下腹を一瞬強く押してすぐ離れたことで、下腹の内側で疼いているのが子宮だと、はっきりと確認できた。

——あ、そうか。これ、子宮だ。子宮がキュンキュンしてるんだ……。どうしよう。私ってイヤラシイんだ……。

十五年間の人生のなかで、味わったことのない刺激だった。子宮が感じるというのも、ティーンズ雑誌になかった。俊也のエロ漫画でもなかった気がする。自分がひどくエッチな女の子になったような気がした。

「ああぁっ、ああんっ、だめ、だめだよぉっ、お兄ちゃぁんっ」

身体の中心をわしづかみにされて絞られるような、身体全体を振りまわされ脳髄をシェイクされるような、どこか暴力的な、危険な気持ちよさにふるえてしまう。

悶える亜梨栖に煽《あお》られたらしい俊也が、ストロークを大きくする。

「亜梨栖っ、ううっ、ぅうっ、くっ」

亀頭のエラが、膣ヒダのザラザラをこすり落とすように前後しながら、子宮口を強くえぐるたび、重くて太い刺激が皮膚の下の神経組織を走り抜け、爪の先や脳天から抜けていく。

亜梨栖は、強すぎる刺激から逃れようとして、腕を立てて、前に向かって這いずろうとした。だが、強引すぎる律動に身体全体がガクガクと揺さぶられ、腕を起こすことさえできない。

ガクッと腕を折ったとき、勃起した乳首がバスマットにこすられた。

「あぁあんっ……い、いやっ。いやぁーっ！」

乳首から生まれた甘い苦痛が、胸乳全体を熱くしこらせる。

まるで、乳房の内側に子宮があるみたいだ。ジュクジュクと脈動するように疼いて、甘くて苦しい快感に悶えてしまう。

「あっ、あぁあっ、あああああぁあっ……い、いやっ、こ、こんなの……」

俊也は、亜梨栖の様子がはっきりと変わったことに気がついていた。
汗でシットリと濡れたすべすべの背中は、せつなそうにくねりながら上下している
し、お尻の肉がケイレンしたようにプルプルしている。
なにより違うのは、膣ヒダの感触だった。挿入したときは膣圧で弾きだされそうだ
ったのに、今は膣肉が奥へ奥へと誘うようにうごめく。
「あんっ、あぁあっ、あう、お、お兄ちゃぁんっ」
膣奥の丸いボールみたいな子宮口をコツンとノックするたびに、子宮頸管粘液《しきゅうけいかんねんえき》がド
ロリと溢れる。汗にまみれた肌が、油を塗ったようにヌメッと光りながら、身体全体
がブルルッとふるえる。
亜梨栖は、小さな絶頂をいくつもきわめているようだった。ひくっと喉を鳴らして
身体を硬くし、ふうっと息を吐いて緊張をゆるませる。そのたびに、膣ヒダがキュッ
とよじれるように締まり、お願い早く精液をちょうだいとばかりに肉茎をしごきたて
てくる。
どんどん具合がよくなっていく膣ヒダの感触に、驚くばかりだ。
「いやっ、も、もう、つらいよっ。あぁあっ、お、おかしく、なるぅっ!!　ひぁっ!」
どうやらそれがエクスタシーだとは、本人も気づいてないようで、どうしていいか

わからない様子だ。

エロ漫画でよくある、イキそうなのにイケない状態に陥っているらしい。

——僕ってなんか偉くなったみたいだ。

ゆっくりした大きなストロークで抜き差しをして亜梨栖を攻めながら、義妹の心理状態を分析してしまう自分の冷静さにあきれてしまう。

なんで射精しないのかと不思議になるが、俊也はさっと興奮しすぎているのだ。

今にも射精しそうなのに、タイミングが合わないのである。

「い、いやいやっ、いやぁああっ。だめだめだめっ、だめぇえええぇっ!!」

——あれ、亜梨栖のやつ……。

義妹は上半身をあげたりさげたりしていたが、逃げようとしてそうしているのではなく、乳首をバスマットにこすりつけて楽しんでいるのだとようやく気づく。

「ひっ、ひぃっ、お、お兄ちゃん、も、もう、許して、よぉっ……あ、な、なんか、ま、また……くあぁあぁっ!」

「イキそうなんだろ、ってか、もう、何度も、イッてるはずだぞ」

俊也は、息を弾ませながら指摘した。

——ウソよ。そんな……、こんなのって、イクとかじゃ、ない、はず……。

ティーンズ雑誌を読んでなんとなく想像していた絶頂は「ふわっと身体が浮かびあがるような幸せな気持ち」だと思っていた。

だが、子宮口を亀頭がきつく押すときに襲われるこれは、身体の中心を見えない手でつかみあげられ、微弱な電流を流されつづけるような、キュウウウッと甘く痺れる感触だ。

もしもこれが絶頂だとしたら、私だけが特別にイヤラシイ子なんじゃないかと不安になる。

「ち、違うもんっ、私、そんな、イヤラシイ子、じゃ、な、ないっ……あぁあっ!!」

またもキュウッと子宮が痺れた。指先が冷たくなり、口の端からよだれが垂れる。栓が抜けてしまったみたいに、汗も愛液も垂れ流しだ。

確かめるみたいにゆっくりゆっくり動いていた動きが、怖いほど速くなった。乳房がバスマットでこすられて、乳首が千切れそうに痛い。乳房の内側までも、子宮の疼きに連動してキュンキュンする。

「いやいやいやっ、お兄ちゃんっ。やだっ、子宮、ヘンだよぉっ、おっぱい痒いっ」

目の裏がチカチカした。貧血を起こしたときのように、周囲の景色が銀色に光る。

本能的な恐怖を感じた亜梨栖は、お尻を振って結合をほどこうとした。

「う、締まるっ、亜梨栖っ、亜梨栖っ！」

まるで底なし沼のような快感から逃げようと、悶える亜梨栖を押さえようとしたのか、俊也の手が乳房と太腿にまわり、きゅっと抱きしめてくる。

「いやっ、いやいやっ……も、もう、苦しいよぉっ……ひあああああっっ!!」

義兄の手が疼いて痒い乳房をキュッとつかみ、もう片方の手のひらが下腹を押さえながら、指先がクリトリスを押しつぶす。同時に亀頭が、子宮口をグリグリッとえぐった。

快感のポイントを三つ同時に攻められた亜梨栖は、よだれを垂らして悶え狂った。

「あぁあああぁあああっ！　ひあぁっ、だ、だめぇっ!!」

脳裏で星がまたたく。銀と金の火花が弾ける。身体中の血液が荒れ狂う。膣ヒダがケイレンするようにキュキュキュキューーッと締まる。

「うっ、あ、亜梨栖っ、亜梨栖ぅっ！」

そのとき、熱く濃い液体の弾丸が、もっとも感じやすいKスポットを撃ち抜いた。

「うっ、ううっ、くっ、くくっ」

その瞬間、目の裏で弾けていた火花が、大きなカタマリになって爆発した。

ひゅっと耳もとで風の音がする。爆風が亜梨栖の意識を遠く高く飛ばしていく。

「あぁあぁっ、イッちゃぅうううううっ!!」

ガクガクッと身体が激しくケイレンし、口の端からあぶくが噴きでる。

ヒューズが落ちたみたいだった。

視界が暗くなっていく。

亜梨栖は、白目を剝いて失神した。

「イッちゃぅぅぅううっ!!」

亜梨栖は、ひときわ激しく身体をふるわせたあと、ガクッと腕を折って無反応になった。

失神してしまったみたいだが、膣ヒダはまるで精液に反応したかのようにうごめいて、男根のなかから精液を吸いだそうとしている。

「うっ、ううっ、くっ、くくっ」

俊也は膣内で漏らしてしてしまったことにあわててしまい、ペニスを抜こうとあわてていた。

だが、蛇腹《じゃばら》のポンプのように等間隔にある狭いところがある膣ヒダが、ペニスをキュッと咥《くわ》えこんで抜かせてくれない。

ペニスを引っ張りこむような、女の本能ともいえる膣壁の動きに負けてしまう。

「う、だ、だめ、だ……亜梨栖ぅ……」

俊也は、迷いながらも、抜きかけた亀頭を膣奥深く収めると、欲望を解放した。

子宮頸管粘液《しきゅうけいかんねんえき》がドプリと出て、結合部がカッと熱くなる。女体が、精液に喜んでいることがハッキリわかる。

「うっ、ううっ……くっ」

義妹の子宮に精液をタップリと注ぎこむ。

射精の勢いは強くなったり弱くなったりしながら、長い時間をかけて出た。

最後の一滴までも子宮に収めてしまっても、未練たらしくまとわりついてくる膣肉から男根を抜くと、義妹は力なく腹這いになった。

俊也のペニスの形に開いた膣口から、逆流した精液と愛液のブレンド液がドロドロとこぼれる。

だが、義妹のむっちりした身体は、ぴくりとも動かない。

「亜梨栖？　おいっ!?」

びっくりした俊也は、お湯をたらいで汲んで亜梨栖にかけた。

「う……」

亜梨栖がようやく身体を起こした。

「えっ、な、なに？　私……」

わけがわかっていないのか、とろんとした表情をしながら、俊也をじっと見つめている。長いまつげが恥ずかしそうに伏せられ、頬がみるみるうちに赤くなる。

「よ、よかった。亜梨栖……」

「やだーっ!!」

義妹の怒声が弾けた。座り直し、股間と胸を押さえて身体をすくませる。

——や、やっぱり、なか出しはまずかったか……。

「恥ずかしいんだってばっ！　アソコ洗いたいのっ、出てってよぉっ!!」

亜梨栖の小さな手がたらいをつかみ、俊也に向かって投げつける。首をすくませて避けたが、壁にぶつかって跳ねかえったたらいが、ガコンと大きな音をたてた。

「わ、わわわっ、ごめんっ、ごめんっ」

俊也はあわててお風呂を出て、ドアを閉めた。ドアに背中を持たせかけながら、ふうとため息をつく。

「あははっ、亜梨栖らしいや……あははっ……」

二度も射精したせいで、体がスッキリと軽く、いい気分だ。

亜梨栖は亜梨栖だ。義妹でも、義妹じゃない部分でも、俊也のいちばん大事な女の子であることに変わりはない。

——僕っていったいなにを悩んでいたのかな……。

「あははっ、あはははっ」

俊也は声をあげて笑っていた。

200X年5月8日

今日ゎ雨。

傘なくて、すごぃ濡れた・・・。

でも、Syunが、ぁったためてくれたから、ぃぃ。

熱、ぁるのかなぁ。

なぁnか、クラクラする・・・。

Last updated 200X.5.8 22:20:16
ｺﾒﾝﾄ(0) | ﾄﾗｯｸﾊﾞｯｸ(0) | ｺﾒﾝﾄを書く

5月15日 放課後ラブ調教は屋上で……

俊也は、亜梨栖の部屋のドアをノックした。

「亜梨栖、おーい。起きてるかーっ?」

「起きてるけど……どうしたの? お兄ちゃん」

ドア越しに眠そうな声がかえってきた。

下着までずぶ濡れになった俊也は風邪《かぜ》ひとつひかずぴんぴんしているのに、軽く濡れただけの亜梨栖が高熱を出して寝こんでしまった。

医者は風邪だと言ったが、咳《せき》や喉の痛みのような風邪らしい症状は出ていないという。原因不明の発熱は、あがったりさがったりしながらもう一週間近くつづいている。

「お粥《かゆ》食べるか?」

「いらない。食欲ない……」

「義母さんが中華粥をつくってくれたんだ。すっごくおいしいぞ。ゴンドラのプリンも買ってある。薬の時間だから、起きてみたらどうかな?」

「わー、プリンっ、食べたいっ！　起きるっ」

すぐにドアが開き、パジャマ姿の義妹が出てきた。

「お兄ちゃん。私、汗くさいんだから、息しちゃダメだからねっ!!」

亜梨栖は、憎まれ口を叩いてつんと顎を反らせると、リビングへと向かった。

——ああ、亜梨栖。かわいいなぁ……。

俊也の前を通り過ぎたとき、汗の匂いがふっと香った。寝乱れた髪をして、眠そうな顔をしているが、どんなかっこうをしていても義妹はかわいい。

こんなにステキな女の子が義妹で、しかも恋人だなんて、一緒に住んでいるなんて、うれしさのあまり踊りだしたくなってしまう。

お風呂場で二度目のセックスをして以来、俊也の亜梨栖への愛しさは、募るばかりになっていた。

——あれ……。

俊也は、義妹の後ろ姿を見て、首をひねった。

フローリングの床を踏む裸足《はだし》の足首が、どこかほっそりして見える。ぴちぴちになっていたパジャマもだぶついて見えた。

——痩せた……よな？　そりゃそうか。痩せて当然だよな。熱がすごくって食べられなかったんだから……。

俊也は、いったん自分の部屋に入り、亜梨栖の友達から託されたコピーの束を持って、リビングに戻った。

亜梨栖は、レンジの前に立ち、お粥が温まるのを待っていた。チンと音がしてから、ほかほかのお茶碗をうきうきと取りだす。

「授業のコピー、預かってきた。亜梨栖にって」

「わっ、うれしい。あっちゃんでしょーっ。見せて見せてっ」

「うん。名前忘れたけど、そんな名前だった。三人いたよ。亜梨栖ちゃんだいじょうぶですかって心配してた」

「三人って、みいくんとセリかな。お礼のメールしとこっ!!　わーっ。手紙がついてる。早く元気になってね、温子《あつこ》、亜梨栖がいないと退屈だぞ、美衣《みい》、元気になったらカラオケ行こうね、芹香《せりか》だって。手紙ってメールと違って新鮮だねぇ」

はしゃぐ亜梨栖は、幼くて無邪気な妹そのもので、思わず目を細めてしまう。

「あ、お粥、おいしーっ。お腹に染みるよーっ」

亜梨栖はお粥をほんとうにおいしそうに食べた。顔色もいいし、食欲もあるし、そろそろ学校に行けるだろう。

かわいくてかわいくて、抱きしめたくてならなかったが、まだふらついている義妹の身体を考えて自重する。

「熱、さがったんだ?」

「うん。たぶんね。計ってないけど、頭がスッキリしてるから。あ、そうだ、お粥、お兄ちゃんも食べる?」

「いや、僕はもう食べたからいいよ」

「ふふっ。お兄ちゃんって『お兄ちゃん』って感じだね」

「なんだよ。それ」

「頼りがいありそう、って言ってるんだよ」

「そ、そうか……」

俊也は、ボディビルダーのように握り拳をつくってポーズを取ってみせた。

「どうだっ。頼りがいのポーズだっ!」

フン、フン、フンッ、と鼻息も荒く力こぶを作ってみせると、亜梨栖がそのたびに笑い転げる。

「きゃははーっ。お兄ちゃんって、おかしいっ」

俊也は、大げさにポーズを取って亜梨栖を笑わせながら、このほんわかと楽しい時間が、ずっとつづいていけばいいなと思っていた。

☆

――だからさ……。先生が……。

――うん。そうだね……。あははっ。

廊下で女の子たちの明るい笑い声が弾けている。一年女子が、カタマリになって休憩時間をそれぞれに過ごしていた。

教室移動で音楽のテキストとリコーダーを抱えて廊下を急いでいた俊也は、女の子たちの集団のなかに亜梨栖を見つけて目を見張った。

家ではあつかましくて横着で、元気すぎるほどなのに、学校での亜梨栖はそうではなかった。女の子たちの外側で、静かに目を伏せて笑っている。聞き役に徹《てつ》しているのか、たまに相づちを打つ程度で、自分から話題を振ろうとしていない。

――あいつ、内弁慶《うちべんけい》なのかな。まだ友達の輪のなかに入れてないのか。いや、違うな。学校を休んだとき、授業のコピーをくれる程度の友達はいるわけだし。

学校がはじまって一カ月とちょっと。できたばかりのグループのなかで、息をひそめるようにして、周囲に気を使っている……そんな気がした。

――あいつ、なにを遠慮してるんだろ。

亜梨栖は、俊也に気づき、目だけで笑ってみせた。

俊也も、片手をあげて挨拶する。

——あれっ、亜梨栖、あんなにプロポーションがよかったっけか……。

お風呂場で二度目のセックスをしたあと、高熱を出して一週間寝こんだ。その際、ろくに食べられなかったせいで四キロ痩せたらしい。

だが、ただ単に体重が減ったというだけではなく、体型そのものが美しく変化していた。

平らだったウエストはコーラの瓶のように形よくくびれ、手足は細く長くなり、ほっそりした首から肩へのラインは美しい稜線《りょうせん》を引いている。

それでいて乳房の大きさと、きゅっと締まった小さなお尻はもとのままだから、まるでグラビアアイドルみたいだ。

家にいるときの亜梨栖は、くるくるとよく動く表情がいかにも驕慢《きょうまん》そうなのに、友達と一緒にいる彼女は、伏せたまつげに本来の姿が隠されて、控えめそうな女の子に見えた。

——知らなかった。亜梨栖って美人だったんだ。

イモムシがサナギを飛び越えて、蝶《ちょう》に変化したみたいだ。

亜梨栖ひとりを見ているときは気がつかなかったのだが、同じ制服の女の子たちの集団のなかでいるせいで、義妹の見事なプロポーションと、顔立ちの美しさが際立っている。

まるで彼女の周囲にスポットライトが当たっているように、くっきりと切り取られて見えた。

——おい。秋川がいるぜ。

——あ、ほんとだ。あいつ、なんか急に綺麗になったよな。

ふいに話し声が耳に入った。

同級生の男どもが、亜梨栖を憧れの視線で見ながら、小声でウワサをしている。

——おとなしそうなところがカワイイんだよなー。支えてあげたいっつうか。抱きしめてあげたいっつうか。

——おいおい、あいつが太ってるときは、なにも言わなかったくせに、現金なやつだなーっ。

——俺は前から性格のよさそうな子だと思ってたぜ。秋川って美人のくせに、周囲に気を使ってる感じがいいんだよな。運動オンチっぽいところが、またかわいいんだよな。

——頭もいいぜ。とくに理系が強いよな。

——母親が医者だって聞いたことがあるぜ。

——あ、そりゃ、かしこくて当然だよな。

——学園のマドンナだよな。秋川って。

チャイムの音がした。

俊也はハッとしてその場を離れた。

☆

階段を駆けあがってくる足音がして、屋上の重いドアが開いた。

ツインテールに髪を結《ゆ》わえた亜梨栖が、ぴかぴかの笑顔で屋上へと走りこんでくる。

フェンス越しに放課後の校庭を見ていた俊也は、お日様を背中にしょっているような義妹を見て、目を細めた。

「お兄ちゃんっ！　どうしたの？　メールくれるなんてうれしいっ。屋上デートなんてはじめてだよねっ。なんか用事なのっ？」

義妹は、俊也の胸に飛びこんできた。俊也はよろめきながらも、亜梨栖のほっそりした身体を受けとめた。ぷりんぷりんの胸乳とやわらかい身体が密着し、甘い体臭が心地よく鼻孔を刺激する。

俊也を見あげている亜梨栖は、赤く染まった夕陽に照らされて、頬がピンクに染まっている。まるで桃みたいで、食べてみたくなってしまう。

――よかった。いつもの亜梨栖だ……。

昼間、義妹が男どもに人気があることを知り、不安になったあまり逢《あ》いたくなったのだとは、とても言えなかった。俊也は、「頼りがいのあるお兄ちゃん」なのだから。

「用事かぁ……えっと、そうだ！　新しいファミレスができたろ。今から一緒にプリンを買いに行こうぜ！」

「んー。それがね……」

いつもならノッてくるはずの亜梨栖が、憂鬱《ゆううつ》そうに言葉を濁した。

亜梨栖はポケットから手紙を出した。なんでもない白い封筒だったが、宛名は男の文字だとはっきりわかった。

「ラブレターか？」

「ううん。いたずらだと思うな。今日の四時に中庭で逢って話したいんだって……。でも、名前がないし怖いから、無視しようかなって思ってる」

「読んでいいか？」

「うん」

ていねいな文字で書かれた手紙だった。亜梨栖の清楚《せいそ》で控えめなところに惹《ひ》かれた、逢って話したいという内容だ。少年の真摯《しんし》な思いが伝わってくるようだった。

いたずらではないと直感する。

「なんかね、こういうの、よくあるんだよ。ここんとこ、毎日なの。名前があるのは返事を書いて放課後までに下駄箱に入れてるんだ」

俊也はサッカーでゴールを決めた選手のようにガッツポーズをつくり、わざとおちゃらけた口調で言った。

「うおおっ。僕の妹はモテモテだぁっ！」

ショックを受けている自分がイヤで、それを表情に出すのもイヤだった。

自分の声が放課後の屋上に白々《しらじら》しく響いてしまい、よりいっそう不快感が増した。

「モテてないよ。からかわれているだけだって。約束の場所に行ったら、秋川のやつ、いい気になってやってきたってみんなして笑うんだと思うよ」

俊也を安心させようと思っているのだろう。淡々と話す亜梨栖は、兄の欲目抜きに美人だった。

太っているときもかわいかったが、痩せてスッキリした彼女は妖精のようにかわいらしかった。制服が似合っていて、清楚な雰囲気を漂わせている。

ウチの高校のセーラー服はこんなにオシャレだったのかと息を呑むほどだ。それでいておとなしくかわいいとくれば、モテないほうがおかしい。

胸がざわつく。こんなにかわいい子が自分の妹である誇らしさを覚える反面、どこかおもしろくないような、心配なような、奇妙に不安定な思いになる。

「じゃあさ、亜梨栖。ここでエッチしないか?」

――僕はいったい、なにを言っているんだ……。

思ってもいない言葉が出てしまい、自分で自分にあきれてしまう。

「えっ?　いやだよ。そんなの、恥ずかしいよ」

笑い飛ばしてくれるかなと思っていたが、亜梨栖は頬を赤くさせて恥じらった。その様子が妙にエロティックで、俊也をかっとさせた。

俊也は、義妹の手を引いて給水塔の影に引っ張っていった。

「だいじょうぶだよ。こっちでやろう。ここってさ、死角になってて誰にも見られないんだ」

「でも、アオカンなんてヤだよーっ。学校だし」

「あああ、アオカン~っ!?」

妖精のような義妹の口から出た卑語にのけぞってしまう。

「あれ、違ったかな。お兄ちゃんの漫画に載《の》ってたよ。屋外でセックスすることをアオカンって言うんでしょ?」

「そんな言葉覚えるなよな……っ」

「あはは。お兄ちゃんっ。顔真っ赤っ!!」

「亜梨栖~っ!　こらっ」

伸ばした手が義妹の胸に当たった。

「あんっ」

亜梨栖が甘い声をあげて胸を押さえ、後方へと逃げた。フェンスにガシャンと背中が当たる。

亜梨栖がひどく欲しくなった。白い肌のぷりぷりとした感触が甦《よみがえ》り、膣ヒダのうごめきが男根を襲う。錯覚だとわかっていても、俊也はもう、亜梨栖を抱きたくて仕方がない。

「ご、ごめんね。私、おっぱい、痛いんだ……。キュンキュンして、たまんなくなっちゃう……」

亜梨栖は恥ずかしそうに顔を伏せると、俊也に背中を向けた。フェンスを持ち、校庭を見おろしている。

俊也は、義妹を背後から抱き、セーラー服の裾から手を入れた。ブラジャーとキャミソールではなく、カップつきのタンクトップを着ている。タンクのなかに手を入れて、大きな乳房をそっとつかむ。

亜梨栖の身体がビクビクッとふるえた。

「い、いや……こんなところで、いやなの、お兄ちゃん……私、私、ウワサになるような、こと、し、したく、ない……」

細い声で文句を言うが、ほんとうにイヤだったら殴ってでも逃げているはずだ。逃げないのは承諾のしるしと判断して、乳房をやや強く揉む。

——うわ。ふわふわだ……ど、どうして？

一回目も、二回目も、義妹の乳房は硬かった。手を弾きかえしそうなほどにぷりぷりと張りつめていた。

なのに、三度目の今は、熟れ頃の果物のようにいい感じにやわらかい。乳首が硬く尖《とが》っている。

まるでつきたてのお餅のような乳房の感触は、あのぴちぴちに張りつめた硬いほどの肉体とまるで違っていて、ほんとうに同一人物なのかと驚かずにはいられない。

——なんでいきなり変わったんだ……。痩せたからか？　熱を出したから？　そんなことでここまで変わるわけないよな……。他になにか違うことがあったっけ？　あ、なか出しかっ。あれが原因か!?

前回のセックスのとき、膣外射精ができず、精液を子宮いっぱいに注ぎこんだ。それが体質を変化させ、大人へと急激に成長させたのだとしか考えられない。そのための発熱だとしたら納得がいく。

——僕が亜梨栖を変えさせた？

その思いつきは、俊也を興奮させた。ケータイメールで呼びだしたときは、そんなつもりはなかった。亜梨栖の顔を見たいと思っただけだった。だが、もう、ズボンのなかで男根がギンギンに勃起して、居ても立ってもいられない。

俊也は、きゅっきゅっと力をこめて乳房をいじった。ぬくくやわらかい乳房の感触がたまらない。

「んっ、あぁ、だ、だめぇ……あんっ、おっぱい、だめぇっ」

細い身体がせつなくくねり、少年のように引き締まったお尻の肉が俊也のズボンの前に密着し、くなくなと悶える。男根が服越しに刺激され、興奮がいや増していく。

「あんっ、だめっ、ここじゃいや」

亜梨栖が後ろ手を伸ばし、俊也の腕を払おうとした。

「僕はしたいんだ……。ここで」

「ここはいや。ウワサになるのは……」

「だめだ。亜梨栖は僕の言うことを聞くんだ」

セーラー服のスカーフをほどいて引き抜き、亜梨栖の手首に結《ゆ》わえつけ、フェンスに結びつける。

亜梨栖は目を見張った。

「じょ、冗談だよね。お兄ちゃん」

「そうだよ。冗談だよ。すぐにほどけるからね」

「うん。私、お兄ちゃんを信頼してるよ……ひどいことはしないよね」

「ああ、もちろん」

引っ張ればすぐにほどけるようなゆるい結び方だったが、亜梨栖の様子がはっきり変わる。

まるで拘束に酔ってしまったかのように、指をフェンスにからませると、お尻を後方に向かって突きだしたのである。

「お兄ちゃん。下に人がいるよ。見えちゃうよぉ……ひどいよぉ」

身体はふにゃふにゃになっているにもかかわらず、甘い声で怨《えん》じてくる。

「だいじょうぶだよ。女子生徒がぼんやりしているようにしか見えないよ。それにあいつら、部活に一生懸命だから、いちいち屋上を見たりしないよ」

「そ、そうだよね……」

亜梨栖は、恥じらいと恐怖と緊張で、小刻みにふるえている。

愛しくてかわいくて、もっといじめてやりたいと思ってしまう。

俊也は、スカートをめくりあげお尻を露出させると、裾をベルトに挟んでとめてしまった。背中もタンクトップとセーラー服をめくりあげ、襟に挟む。

正面はきっちりと制服を着ているのに、背面は背中もお尻も太腿も剥きだしだ。

亜梨栖はひくっと喉を鳴らし、怖そうに身体をすくませたが、フェンスを持ったままじっとしている。

パンティをそろそろとめくりおろす。ムワッと甘い匂いが漂った。ほんの少しペッティングしただけなのに、秘部はおもしろいぐらいに濡れていた。

もしもフェンスの向こうに人がいたら、きちんと制服を着た女子高生がフェンスを持ち、物思いに耽《ふけ》っているようにしか見えないだろう。

だが、俊也のいる位置からは、太陽の下でヌメッと光る背中、お尻と太腿、アヌスと秘部、それに、腕の横からロケットのように前に突きだした乳房が見える。

——僕だけが、亜梨栖の全部を見てるんだ……。

俊也は、太腿を抱くようにして手を前にまわし、勃起して剝けた秘芽をヌルヌルといじりはじめた。


「い、いや……お兄ちゃん……や、やめて……」

亜梨栖はお尻を左右に振って、ビリビリくる刺激から逃れようとした。

風に触れても感じる感覚のカタマリを義兄の指先で丸めるようにいじられて、腰がだるくなるような、指先が痺れるような、居ても立ってもいられない焦燥《しょうそう》に悶えてしまう。

「い、痛いのよ、ソコ、だめっ……ヒリッてなるの」

Kスポットの快感と違って、クリトリスの気持ちよさは皮膚のすぐ下の神経組織に響いていく。

ペニスを深く挿入され、身体全体を揺さぶられるセックスは、脊髄《せきずい》や脳髄にダイレクトに響くのに、陰核をいじられる快感は、皮膚の浅いところに弱電流が走り抜けるような、そんな刺激だ。ビリビリッと来るが、あとを引かずに収まってしまう。

「あっ、あぁあっ……んっ……はぁっはっ……い、いやっ、い、痛い……」

わずかな痛みがスパイスになり、甘く痺れる気持ちよさに酔わされていく。

我慢しようと思えば我慢できそうだったが、触られていない秘唇がムズムズして痒くなる。あの子宮のキュンキュンがやってきた。子宮の発情がはじまると、欲望から逃れることは難しくなる。

「い、いやっ、やめてっ。し、下腹、キュンってなるのっ」

亜梨栖は俊也の手を払おうとした。だが、手首が動かない。亜梨栖ははっとなった。顔がスウッと青くなる。しゃにむに手首を引くが、リボンの拘束はどんどんきつくなるばかりだ。

――そうだった。私、私、縛られてるんだ……フェンスに……。

――どうしよう。もう、もう、逃げられない……。

「亜梨栖のクリ、大きいなぁ。コリコリしてる。オナニー好きなんだ？　ココをいじっているんだろ?」

俊也はいじわるだった。手首を拘束され、逃れられなくなっている亜梨栖を、言葉と指で追いつめていく。

「違うもん、し、して、ない、もん……」

「ウソだよ。ちょっと触ったらすぐに皮が剝けるし、すっごく大きいし硬いよ。オナニーしょっちゅうしてるんだろ。インランだよなぁ。亜梨栖って」

エッチだとか、インランだとか言われるのは我慢できない。

だが、俊也の言葉は絶対だった。手首をフェンスに結びつけられている。ほどいてくれるのは俊也だけ。その恐怖が、亜梨栖を素直にさせていく。

「し、してる……」

「いつから?」

「中一、から」

「週、何回?」

「三回ぐらい」

「やっぱりだ。クリ、いじってるんだろ。おっきいし、感じやすいから、そうじゃないかなって思ってた。エッチだなぁ。亜梨栖は」

俊也は、せせら笑うような口振りで言いながら、秘芽を指先でピンと弾いた。

「やぁんっ」

鋭い苦痛に、身体全体がビクッとふるえる。

その瞬間、プライドが不安と欲望を追いやった。

「嫌いっ！　お、お兄ちゃんなんか、大嫌いだからねッ！」

亜梨栖は涙目で振りかえり、義兄をにらみつけた。そしてツンと顎をあげて顔を逸《そ》らす。

「私に、さ、触らないでっ!!　どっか行っちゃってよっ!!　お兄ちゃんなんか嫌いなんだからっ!!」


――亜梨栖、かわいい……。なんてかわいいんだ……。


「そうか。わかった」

俊也はあっさりと手を離すとその場を離れた。給水塔の影に隠れ、フェンスにリボンで縛りつけられ身動きできない亜梨栖を観察する。

「えっ、ちょ、ちょっと、お、お兄ちゃんっ、ひどいっ、ひどいよぉっ！　ど、どこに行ったのよぉっ……ひぃんっ……ひくっ、うぇぇえっ」

亜梨栖がおろおろしているのが、後ろ姿からもわかる。

手をほどこうと必死になっていた。ギシギシとフェンスが鳴り、しくしくと声をあげて泣きじゃくる。上半身をくなくなと揺らしているのは、リボンに歯を立てて拘束をほどこうとしているのだろう。

「お、お兄ちゃぁんっ。来てよぉっ……ひくひくっ、ふぇえええんっ」

──ちょっとかわいそうだったな……。

義妹の泣き声には勝てず、一分と経たず戻りかけた。

だが、俊也は呆然として足をとめた。

亜梨栖が上半身を揺らしている理由に、ようやくのことで気がついたのだ。

フェンスの金網に乳房をくっつけて上半身を揺すり、乳房と乳首をこすって刺激を楽しんでいる。お尻もカクカクと前後に揺れ、まるで見えないペニスを咥《くわ》えこもうとしているかのようだ。

──あ、そうか。おっぱいがキュンキュンするって言ってたっけ。子宮が疼いてるって言ってたぞ。

「お兄ちゃん……ひとりにしないでぇ。ひどいよぉっ！　子宮とおっぱいが、あぁあっ、う、疼く、のぉっ！」

亜梨栖は不安や怒りで泣いているのではなく、子宮と乳房が発情しているのに、ひとりにされてしまったことに泣いているのだ。

──亜梨栖って、すげぇインランなんだ……。

亜梨栖は半開きにした口唇からよだれを垂らし、熱に浮かされたような口調で言った。

「あん、ちょ、ちょうだい……お兄ちゃん……チ×ポ……せ、精液をちょうだい……わ、私、おかしくなっちゃうよぉ……」

布地越しに感じる金網の硬い感触が気持ちいいのだろう。胸をフェンスにこすりつけながら腰を揺らす。

まるで彼女は、淫らなダンスを踊っているようだった。秘唇から愛液がトロトロこぼれ、太腿を伝って落ちる。

「お、お兄ちゃんっ、来てよぉっ、い、入れてよぉっ……私、私、どうかなっちゃったよぉ……」


亜梨栖が泣きじゃくっていたとき、誰かが無言で背中を抱いた。

俊也だった。

「きゃぁっ、お、お兄ちゃん……よかった」

義兄は、片手で乳房をぎゅうと乱暴につかみ、もう片方の手で下腹を押しながら、秘芽を指先で押さえた。発情のあまり硬くなった子宮を下腹の上から押されて、またもキュッと身体が疼く。

「あぁあっ、お、お兄ちゃん……あっ、ぁあぁっ、おっぱい、だめぇぇえっ」

新一年生の学園のマドンナの身体が、ガクガクッとふるえだす。

「亜梨栖ってエッチだよな」

「お兄ちゃんが悪いんだよ……お兄ちゃんが、私をこんなにしてしまったの」

俊也はペニスを取りだすと、自分でこすって勃起したペニスをさらに硬くさせてから、トロけた秘唇に亀頭をあてがった。

「あぁっ、う、うれしいっ……ほ、欲しかったのぉっ!!」

亜梨栖が腰を突きだすと、その動きに合わせたように、ペニスがぐぐっと沈みこんできた。

熱くて硬く、それでいて内側にやわらかさを秘めた男根は、みっちりと合わさった膣ヒダを押しひろげるようにして、にゅるにゅると沈みこんでいく。

懐かしい感触に、身体が芯からブルルッとふるえた。

はじめては、ぜんぜんいいとは思えなかった。二度目で味がわかるようになり、三度目の今は、うっとりするほど気持ちがいい。

そのたびに、俊也への好きがどんどん強くなる。

「うっ、ううっ、なんか、ち、違う、っていうか……すげぇ……お、おまえ、名器、なんじゃ、ないのか……」

俊也がなにか言っているが、亀頭が子宮口にようやく届くと、快感を先取りして身体がブルルッとふるえ、子宮頸管粘液《しきゅうけいかんねんえき》がドブリと溢れる。もうなにも聞こえない。ここが学校の屋上であることも気にならない。

「あぁあっ、いいっ！　お、お兄ちゃんっ、き、気持ち、いいよぉっ!!」

亜梨栖はフェンスの金網を持った手に力をこめ、お尻をさらに突きだした。

「もっと、もっと奥まで、つ、突き刺してぇっ!!」

俊也は、ペニスを奥まで挿入してしまうと、まるで膣ヒダの温かさと感触を楽しんでいるようにして、じっと動かなくなってしまった。

立ったままでの後背位だと、お尻の山が邪魔になり、正常位よりも結合が浅くなる。お風呂でしたときのように、腰をぐっと高くあげるといい感じでKスポットを刺激されるのだが、この姿勢だと亀頭は子宮口に触れているだけだ。

「お、お兄ちゃんっ。動いてっ、動いてよぉっ!!」

あの気持ちよさをもう一度味わいたい。身体が芯から揺さぶられ、脳髄がシェイクされ、どこか違う地平に連れていかれるような、あの絶頂をもう一度味わいたい。亜梨栖は膣ヒダをキュウウッと締めた。

俊也は、うなり声をあげた。

「ウッ、し、締まる……」

亜梨栖の秘部は、まるで俊也の男根に形を合わせて作られた、オートクチュールのようだった。

ザラザラッブツブした膣ヒダが男根をじゅっぷりと咥《くわ》えこみ、内へ内へと誘うようにうごめく。

感触ははじめてのときに比べるとはっきりと変わっていた。一回目も二回目も、どんなに濡れていても、どこかキシキシした感触があったのに、今は違う。キュウキュウときつく締まっても、どこまでもやわらかい。

いつまでもいつまでも、この気持ちよさを味わっていたい。そんな気分になってしまう。

「お、お兄ちゃんっ、ひどいひどいっ、子宮が疼くんだってばぁっ、動いてよぉっ!!　お兄ちゃんのバカーッ！」

亜梨栖はもう半泣きだ。手首を引いてフェンスをギシギシときしませている。正常位で、手首が自由だったらぽかすかと殴りつけているのにちがいない。

俊也は、セーラー服とタンクトップを、鎖骨のあたりまでめくりあげた。

「きゃあああっ」

乳首を硬く尖《とが》らせた、釣り鐘型の巨乳が露出する。

「ひどいっ、隠してっ、隠してよぉっ!!　見えちゃうよぉっ」

　亜梨栖は、足を踏み替え、手の拘束をほどこうとしてじたばたした。剝きだしの乳房がプルプル揺れる。そのたびに膣ヒダが締まりよく感じた。

「僕はみんなに見せたいんだよ」

「えっ?」

「かわいくて、綺麗な……うっ、くっ……すげぇ締まる……っ、が、学園のアイドルが、僕のものだって……言いたいんだよ」

「違うもん……私、学園のアイドルなんかじゃないもん……からかうのはやめてよ」

「なんでだよ。自信を持てよっ、おまえは、エッチで、かわいくて……最高、だよっ」


　亜梨栖はおずおずと振り向いた。俊也と目と目が合った。本気の顔をしている。冗談なんかじゃありえない。

　太っていることを揶揄《やゆ》された中学のときの体験から、自己評価が低くなりがちな亜梨栖に、俊也の言葉が甘く染みる。

「ありがとう。お兄ちゃん……」

　──私、もっと、エッチになる……。お兄ちゃんが喜んでくれるなら、私、インランになるね。

亜梨栖は胸乳をフェンスに寄せ、背中を弓なりに反らして腰をいっそう突きだした。すぐ下の校庭では、運動部の生徒がかけ声をかけながらランニングしている。もしもそのなかの誰かが上を見たら、おっぱいを剥きだしにしてフェンスをつかんでいる女子生徒の姿が見えるだろう。

——いいの。見て。私を見て……。エッチな私を見て。

亜梨栖は乳房をフェンスの金網に押しつけた。フェンスの金網の菱形《ひしがた》から、乳輪と乳首がひしゃげながら飛びだしている。見られるのではないかという恐怖が露出の快感へと置換し、身体がゾクゾクしてしまう。

「んっ……はぁっ……あっあぁ……はぁはぁっ」

亜梨栖は身体をセクシーにくねらせた。

金網の冷たさと硬さが、火照《ほて》った乳房をいい感じで刺激して、危険な気持ちよさに襲われる。

「そんなことするなよ。綺麗なおっぱいが台なしだよ」

俊也がやさしい声でささやきながら、亜梨栖の腰を自分のほうへとぐっと引く。そして、乳房を両手できゅっとつかんだ。

フェンスの冷たさに慣れた乳房が、温かい大きな手の感触に混乱し、ズキンズキンと脈動する。

「あぁあああっ！　お兄ちゃんっ、お兄ちゃぁあぁんっ!!」

俊也の手が、乳房をきつく揉んでくる。指先が硬く尖《とが》った乳首を押す。キュウンとする刺激がやってきて、もうそれだけでイキそうになる。

冷たいフェンスより、温かい俊也の手がいい。

不特定多数の人間に見られるよりも、大好きな義兄にだけ見られたい。

「大好きっ、大好きよぉっ！　お兄ちゃんっ、イキそうだよぉっ」

結合が深くなり、子宮口が亀頭に圧迫される。乳房の内側がキュンキュンする。乳房の内側と子宮が、三つ同時に疼きはじめる。

まるでおっぱいの芯が子宮になってしまったみたいだ。

――えっ、やだっ……。どうしよう。

ストロークがはじまり、子宮を揺さぶられるだけで、失神するほどの快感に襲われたのだ。その快感が三倍になって押し寄せてくるとしたら……。

想像するだけでゾッとする。

――私、死んじゃうかもしれない……。

「い、いやっ、いやいやいやいやーっ」

亜梨栖はぎくしゃくと暴れはじめた。

「わっ、ど、どうしたんだっ。亜梨栖っ」

俊也はいきなり悲鳴をあげて悶え狂う義妹に驚き、乳房を握る手に力をこめた。

適度なやわらかさと張りを持った乳房を揉むのは気持ちがよかった。

触っても触っても触り足りない気がして、パンをこねるようにして揉みしだく。

「あぁあぁあっ、イキそうっ……ひっ、ひっ、イキそうよぉっ！」

亜梨栖の身体がビクビクッとふるえ、チュルルッと秘部のヤワ肉が吸いついてきて、細い背中が弓なりに反る。

ジョロッと音がし、結合部が熱く濡れた。

「わわっ、な、なんだっ⁉」

「いやっ、いやいやいやっ、とまって、とまってぇっ‼」

失禁してしまったのだとすぐに気づく。

尿臭がフワッと立ちのぼった。

俊也はカッとなった。

学園のマドンナとして男どもの人気を集める亜梨栖を、おもちゃのように扱っている。この清楚《せいそ》な義妹が、俊也の与える快感に狂い、お漏らしをしたのだ。

「あぁああぁあっ。いやぁあっ」

尿をとめようとして8の字筋を締めているのだろう。膣ヒダが男根に巻きついて、よじれながらキュルキュル締まる。

「うっ」

俊也は漏らしそうになったが、お腹に力を入れて射精をこらえる。

やがて、ぴちゃんと音がして最後の一滴が落ち、尿がとまった。

「あぁ……」

亜梨栖は、羞恥の果てに快楽を極めた、というような、実にセクシーな吐息《といき》をついた。

膣ヒダの収縮がやわらかくほどける。

俊也は手綱《たづな》のように乳房をしっかりと握りしめると、さながら馬を操縦するかのように、腰を動かしはじめた。

「ひぃ、あっ、あんっ、お、お兄ちゃぁんっ！」

ほっそりした身体がうねくり、俊也の突きあげに合わせてガクガクと揺れる。

亜梨栖は名器だった。彼女が快感に溺れたら溺れるほど、ツブ立ちが鮮明になるくせに、ネッチャリした密着感が増していく。熱く火照《ほて》った膣ヒダのうごめきは、俊也を愉しませるためだけに作られているかのようだ。

「こ、怖いよっ。お兄ちゃんっ。や、やめてぇっ……ひくっ、しくしく……気持ちい

いよぉっ」

亜梨栖はすすり泣きはじめた。

気持ちよすぎて苦しい。身体がおかしくなってしまったようで怖い。目の裏で火花が散る。いっそ、失神してしまいたい。失神したいと思うほどだ。

だが、俊也は激しく動いて、失神するヒマさえも与えてくれない。

「ああっ、狂っちゃうよぉっ……や、やめて、こ、こんなの壊れちゃうよぉおおっ」

じゅくじゅくじゅくじゅくっと結合部が鳴り、亀頭のエラが膣のザラつきをこすり落とす勢いで前後する。子宮口を亀頭が激しく打ちつけるたびに、双《ふた》つの乳房と子宮がキュンキュンと収縮し、甘痛い疼きを送りだす。

目の裏で星がまたたき、びゅうびゅうと風が鳴る幻聴が聞こえる。

「し、死ぬぅっ、死んじゃうぅぅうっ!!」

死なないまでも、身体のどこかの部品が壊れ、狂ってしまうに決まっている。げんに自分は、お漏らしをしてしまった。とうに狂っているかもしれない。

「も、もう、許して、よぉっ！」

俊也の動きはどんどん速くなっていく。腰が痛い。手首が痛い。なのに怖いほどに気持ちがいい。まるで空を飛んでいるようだ。

子宮と乳房が焼けつくほどに熱くなる。

フッと意識が途切れた。

「イクッ、イッちゃうううぅっ」

亜梨栖の身体が、ケイレンしたようにガクガクッとふるえだした。

周囲が銀色に染まり、もうなにも見えない。口の端からぶくぶくとあぶくが噴きでた。

「うっ、ううっ、亜梨栖っ！　くっ!!」

俊也はひときわ強く腰を打ちつけると動きをとめた。

射精の瞬間の、空に向かって飛びあがるような、それでいて地の底に落下するような、上下感覚がおかしくなる気持ちよさが俊也を襲う。

亜梨栖の膝から力が抜けた。絶頂のあまりの失神に襲われたらしかった。

「おっと」

あわててお尻をつかむ手に力をこめる。

ガクリと上半身が落ちた。フェンスに手首を拘束しているせいで腕が逆手にねじりあげられる。

壊れた人形のような、ぐったりした様子が嗜虐心《しぎゃくしん》と庇護欲《ひごよく》を同時に刺激した。かわいそうでかわいらしくて、奇矯《ききょう》な満足感に襲われる。

お尻の穴が物欲しそうにヒクついている様子が見えた。

――アナルセックス、してみたいな……。

そんなことを考える。

義妹はすっかり失神してしまっているのにもかかわらず、女の本能は精液を子宮に収めようとして膣ヒダを性能よくうごめかしている。

俊也は、射精途中で感じやすくなっている男根が、熱くたぎった膣ヒダに揉みくちゃにされるこの瞬間が、いちばん好きだった。

200X年5月15日

痩せた！

あっちゃnに、痩せたね、ってぃわれた。

うn。痩せた。すっごく痩せた。。。。

服、ぁわなぃ。買ぃにぃかなくてゎ。

うれしぃ。けど、心配。

また、リバウnド、しそう・・・。

リバウnドは怖い。

痩せる前ょりも、太るから。。。。

Last updated 200X.5.15 23:55:11
ｺﾒﾝﾄ(0) | ﾄﾗｯｸﾊﾞｯｸ(0) | ｺﾒﾝﾄを書く

5月21日 午前 学園アイドルとの露出デート

「じゃ、じゃーんっ！」

フィッティングルームから出てきた亜梨栖は、その場でくるんとまわってみせた。

ひらひらのスカートがひるがえり、髪のリボンがふわっと揺れる。

レースとリボンを多用した小花模様のワンピースは、プロポーションのいい亜梨栖によく似合っていた。

キュートな顔立ちが、うれしくてならないとばかり輝いている。

「どうかな？　似合う？」

「うん。似合う。どう？　ウエストとか、窮屈じゃない？」

ミニタイトスカートと黒いカットソーの義母が聞いた。

荷物持ちのために買い物につきあわされている俊也は、十年ぶりに見たフリフリワンピース姿の亜梨栖を見て目を見張る。

　不思議の国のアリスそっくりのワンピースは、子供の頃の彼女の記憶と重なって、どこか神秘的な光景だ。

「うん。お母さん。バッチリだよっ!!」

「九号でぴったりなのねぇ。すごいわねぇ。今までだったら、十一号を買ってあちこちつめていたのにね。ほんとうに痩せたのね」

「もう、お母さん。よけいなこと言わないでよ。お兄ちゃん。どうかな。似合う?」

「似合う。すげぇかわいい。保育園のとき、そういうのよく着てたよな」

「私の趣味だったのよ」

「私の趣味だよぉっ」

　義母と義妹が、同じ口調で話す。

　最近になってやっと気がついたのだが、由梨子と亜梨栖はよく似ている。顔立ちもそっくりだし、服装の趣味も同じだ。

　母が子供に自分の好みの服を着させ、娘が母に憧れてマネをするから、どうしても似てくるのだろう。

「こういうデザインのワンピースって、痩せてないと似合わないのよね」

「あっ、お母さんっ、ひどいっ!」

「かわいい女の子にしか似合わない、に修正するわ」

「うんうんっ。私ってかわいいよねーっ。この服、このまま着てたいな」

「いいんじゃない。着てきた服、ウエストがゆるゆるで落ちそうだったしね。お店の人に言ってくるね。……あっ、ちょっと待って」

義母がカバンからケータイを取りだし、液晶表示を見て顔を曇《くも》らせる。

「病院からだわ……なにかあったのかしら……はい、秋川です……はい。わかりました。すぐに行きます……今はショッピングモールなんです。家の近くです。二十分ぐらいで行けます。では」

「急患?」

「そうね。俊也くん。あとお願い。お金はこれで」

由梨子は財布からお札を抜きだすと、俊也に押しつけた。俊也は受け取ったお札を自分の財布に入れる。

「わかった。領収書、ちゃんと渡すよ」

「気にしなくていいのよ。私って母親だし。申しわけないけど、亜梨栖の買い物、つきあってあげてね」

「申しわけなくないよ。僕って息子だし。亜梨栖って妹だし」

義母の口調をまねてかえすと、義母がケラケラと笑った。

「あはは。そうね」

笑顔を収めると、キッとした顔つきになった。さっきまでは母親の笑みだったのに、もう仕事の顔になっている。

母親から医者へ変化する様子は、ゾクッとするほど鮮やかだ。

「お母さん。今日って準夜勤でしょ。いったん帰れる？」

「帰らない。仮眠室で眠って、そのまま仕事するわ。そのほうが身体がラクそう」

「おかあさん。がんばって」

「じゃあ。あとはよろしく」

キャリア十六年の有能外科医は、パンプスをばたつかせながら走っていった。

☆

できたばかりのファミリーレストランは、家族連れやカップル、中学生や高校生たちでにぎやかだ。

「けっこう買ったなー」

俊也は、コーヒーを飲みながら、ため息をついた。

女の子の買い物につきあうのがこんなにも大変だと思わなかった。

横に置いた大小さまざまの紙袋は、椅子からあふれて落ちそうになっている。俊也も文具類とかを少し買ったものの、ほとんどは亜梨栖の服だ。

「うん。でも、前の服、着れなくなっちゃったから。着れるのはカットソーぐらいで、スカート類は全部ダメ……プリン、おいしーっ。キャラメル味だよねーっ」

向かい合う席に座る亜梨栖は、おいしそうにプリンを食べながら答えた。しあわせそうに笑み崩れている。

ドリンクバーのコーヒーの味は普通だが、プリンはけっこうおいしいようだ。

買ったばかりのフリフリワンピースは亜梨栖に似合っていて、甘えん坊で横着者の彼女を、おしとやかな美少女に見せている。

「そうだな。痩せたもんな」

「まだこれでも買えてないのあるんだよ」

「じゃあ、ここ出たら、それ買いにいこう」

「恥ずいから、あっちゃんたちと行くよ。今日はまっすぐ家に帰ろう」

「恥ずかしい買い物ってなんだ?」

「おブラんす」

「は?」

「もう、お兄ちゃんったら鈍いんだからっ!……だよ」

義妹は、ブラジャーと声に出さずに言った。

「あ、そうか……」

「うん。今まで持っていたの、全滅なの。学校には、パットつきのタンク着てってるから、とくに問題ないいんだけどね」

——ってことは……。

俊也は、亜梨栖の胸もとをじっと見た。

シルエットのスッキリしたワンピースは、下にタンクトップを着られるようなデザインにはなっていない。

——今って、ノーブラなんだ……。

よくよく見れば、ワンピースの胸を押しあげる乳房の先端に、乳首の形がわずかに見えた。

「それにね。早く、帰りたいんだ。だってさ、今日ってチャンスじゃない？」

ここ一週間ほど両親のどちらか片方が常に家にいる状態で、二人きりになれる時間は皆無だった。校舎の屋上で過激なセックスをしたあとだったけに、禁欲生活がつづいてじりじりしていた。

「そうだな。お父さん、ゴルフ旅行だし」

義母が準夜勤を終えて帰ってくるのは、夜の一時頃だ。それまでは二人きりになる。

健全そのもののファミレスの空気がピンクに染まる。

「お兄ちゃん。あれって、調教プレイって言うんでしょ？」

「そ、その……」

「楽しかったよ。屋上のアレ」

俊也は頬が熱くなっているのに、亜梨栖は平然とした顔をしている。からかわれているのかと思うほどだ。

だが、亜梨栖のワンピースの胸もとに浮かびあがる乳首の形が、だんだんはっきりしたものになってきた。義妹が興奮しているのは確かのようだ。

「ああいうの。好き、なのか……」

「お兄ちゃんだからいいんだってば。学校はヤだけど。ここだったら別に平気。でも、早く家に戻ってお兄ちゃんと二人きりになりたいな。えへへっ。十日ぶりっ」

義妹は肩をすくめてぺろっと舌を出した。

舌の赤さが生々しくて、腰にグッと来てしまう。

——亜梨栖のやつ、プレイのヨロコビに目覚めてしまった……ってコトか……。ほんとうにインランなんだな。こいつ……。

「あっ、でも、怖いこととか痛いことはヤだよっ。ひどいことしたら叫んでやるからねッ！」

――難しいな……。

息苦しくなって腰をもじつかせると、横に置いた買い物袋が椅子から滑り落ちた。服を入れた紙袋を拾いあげると、なかに入れてあった文房具だの、リボンだのを入れた小袋がこぼれる。

拾いあげた俊也はふと中身を見て、いたずらを思いついた。

「リボン、使っていいか？」

「いいけど」

「オナニー、できる？」

「ここで？」

「そうだよ。亜梨栖がイクところが見たい」

――僕って、すげぇこと言ってるなぁ。

亜梨栖がいやがったらやめようと思うのに、目の前の義妹の表情がとろんととろける。エッチなことを強要されるというシチュエーションに酔っているらしい。

義妹は、はあ、と熱い息を吐いたあと、こくんと小さくうなずいた。

亜梨栖は、オズオズと手を伸ばし、スカートをめくりあげてショーツのなかに手を入れた。まだなにもしていないのに、秘唇はじゅくじゅくに濡れて充血している。身体が快感を先取りして、準備をはじめたらしかった。

スリットに指を伸ばし、ネトネトする液体を指にからめて、クリトリスを撫でさする。

「はっ、はぁ……はぁ……」

白いエプロンをつけたウエイトレスがお盆を持って亜梨栖の横を通り過ぎる。子供がお子様セットについてきた飛行機のおもちゃを持って振りまわし、楽しげなはしゃぎ声をあげている。すぐ横は大学生ぐらいのカップルだ。

日曜のファミレスの健康的な空気のなかで、亜梨栖だけが自分の秘部をいじり、淫《いん》靡《び》な行為に耽《ふけ》っている。

見られそうでドキドキする。

——ねえ。見てよ。あの子、オナニーしてるわ。

——うわぁ。すげぇ。エッチだなぁ……。

幻聴までも聞こえてきた。

——うん。そうなの。私、インランなの。お兄ちゃんがね、エッチな子が好きだって言ったんだよ……。だからね。私、もっともっとインランになるの。

勃起しきったクリトリスを指の腹でヌルヌルと撫でさすると、腰が痺れるような快感がやってくる。

「あれからオナニーしたか？　屋上のあとだ」

「ん……した……けど、頼りなくて……指じゃ、イケないんだよね……やっぱり、お兄ちゃんがいい……」

俊也は、うれしいような照れくさいような顔をした。

──あ、お兄ちゃん。今、すっごくカッコイイ顔をした。

大好きな義兄に満足してもらえるよう、亜梨栖は自慰に集中しようとした。腰が痺れてだるくなるが、パンティのなかで手を動かすのは難しいうえに、視線が気になって快感に浸《ひた》れない。それに亜梨栖は、クリトリスより子宮と乳房が感じる体質だ。

「んっ……はぁ……はぁ……」

ふいに子宮がキュンと鳴った。眠っていた子宮が起きだして、精液をちょうだいと脈動しはじめる。

──あ、だめ。起きちゃだめ……。起きちゃだめだってばっ！

「あ……ぁ……」

「色っぽい声をあげると気づかれるぜ」

俊也はいじわるを言った。

亜梨栖はけなげにも、羞恥心と戦いながら、俊也の命令を履行しようと一生懸命になっている。

ワンピースの胸のポッチがだんだん大きくなり、顔がどんどん赤くなる。

かなり興奮しているみたいだが、絶頂に行き着くことはできないみたいで、もじもじしている。

「はぁ……はぁ……うっ……」

「色っぽい声だなぁ。ほら、そこの男、亜梨栖をじっと見てる。エッチな女の子だなぁ。レイプしてやろうかなって思っているんだぜ」

ありもしないことを言うと、義妹の身体がビクッとふるえる。

「へ、平気、だよ……。な、なにか、あったら、お兄ちゃんが、ま、守って、くれるもん」

快感でうるんだ瞳が、すがる色をたたえて俊也を見る。

——ああ、もう、たまんねぇ……。もう、もう、ガマンできねぇ……。

俊也は平凡な高校生だった。そんな自分に、こんなにも深い信頼を寄せてくれる女の子がいる。学園のマドンナで恋人。そして義妹。かわいくないはずがない。

自分が偉くなった気分になる。

「僕、トイレに行く。カギを開けとくから、五分経ったら入ってこいよ」

俊也は、文房具とリボンが入った小さな紙袋を手にして席を立った。

☆

「お兄ちゃん。私だよ」

「おう」

亜梨栖がドアを細く開け、滑りこむようにして入ってきた。内鍵をかけてほうっと緊張をほどく。

壁際に立っている俊也に向かい合うと、はにかんだように笑った。

「えへへ。どきどきしちゃった」

個室で二人きりになると、亜梨栖のまとう甘い匂いで、むせかえりそうになる。義妹は、発情すると体臭が濃くなる。

「おっぱい見せてくれないか?」

「いいけど、ここでするの?」

亜梨栖は、もう入れてくれるの? というような顔つきで俊也を見た。

「しないよ。こんなところでしちゃ、亜梨栖がかわいそうだ。家に帰ってすぐに楽しめるように、ちょっと準備をしたいんだ」

義妹のほっそりした指先がワンピースの前ボタンをはずし、襟をくつろげると、ロケットのような大きな乳房がぽろんとこぼれた。

俊也は、赤いリボンを乳房の根元に巻きつけて、きゅっと引き絞った。

「うっ」

「痛いか？」

「ん、ちょ、ちょっと、痛い、かな……」

「わかった。これでどうかな」

結び目をほどき、拘束をゆるめてから、もう一度、乳房の下で蝶々結《ちょうちょ》びをしてとめた。

もう片方の乳房も、同じようにして蝶々結びをする。

量感のある胸乳だからこそできる緊縛プレイだった。

乳房の根をリボンで結ばれ、引き絞られた双《ふた》つの乳房は、よりいっそう大きさを増し、前に向かって張りだしてみえた。真っ白な肌に、赤いリボンが映《は》えている。

「なんか、プレゼント包装みたいだな」

「そうだね。私のおっぱい、お兄ちゃんにあげちゃう。お兄ちゃん。もうすぐ誕生日でしょ？　少し早いけど、私がバースディプレゼント」

亜梨栖は、にこにこと笑いながら言う。

すごい内容に、俊也の顔がかっと赤くなった。

——こいつ、自分の言ってる意味、わかってるのかな……。

「そっか、おっぱい、僕にくれるのか？」

「おっぱいだけじゃなくて、私の全部をお兄ちゃんにあげる。お兄ちゃんは私になにをしてもいいんだよ。だって、私、お兄ちゃんが大好きだもんっ。あっ、プレゼントをケチってるわけじゃないからねっ。ちゃんとプレゼントはプレゼントで買うからねっ」

亜梨栖にかかると、淫靡《いんび》なはずの調教プレイが、明るくて楽しい行為になってしまう。

「わかった。わかった。僕の誕生日は亜梨栖と二人でプレイだな」

「うん。そうだね。誕生日はおっぱいにリボンだねっ。これは予行練習というコトで。あ、でも、お兄ちゃんの誕生日って、模擬テストの日だよね」

「あれ、そうだったか」

「うん。土曜日だよ。業者テストの日」

「亜梨栖、やっぱりしようぜ……パンティ、脱いで」

亜梨栖は義兄の命令に従った。

「ん、わかった。あっ、つっ……う、動く、と、おっぱいがキュンってなるね……」

しゃがむ動作でリボンが胸乳に食いこんで、乳房の内側がキュウンと疼く。

中途半端なオナニーで、子宮が目覚めてしまったばかりだったから、乳房と子宮が競い合うようにしてキュンキュンする。

パンティを脱ぐ恥ずかしさよりも、乳房を揺らさないようにすることのほうが難しく、はあはあと息を荒げながら足首から抜き去った。

「片足、あげて。その上に乗せて」

「こ、こう？」

亜梨栖は、ミュールサンダルを履いた足裏を、便器の上に乗せた。

俊也がしゃがみ、秘部の具合をチェックしはじめた。

ラビアをスリットから引っ張りだして、つんつんと引っ張っている。

「すげぇ。真っ赤になってる。じゅくじゅくでぬれぬれだよ。クリもでかくなってるね」

「い、いや、言わないで……恥ずかしい……」

自慰したばかりだったから、予期されていたことであったものの、口にされると羞恥で消え入りたくなってしまう。

身体が羞恥でふるえるたび、乳房がリボンに絞られてキュンキュンするのも苦しくてならない。

「な、なに、それ？」

亜梨栖は、俊也が取りだしたものを見て目を見張った。

「クリップ」

「そ、それはわかるけど」

「これね。挟む力、わりと弱いやつなんだ。耳たぶを挟んでみたけど、そんなに痛くなかったよ。だからね、だいじょうぶだよ」

「お、お兄ちゃん……そ、それ……ま、まさか……」

「いやだったらやめるから、ためしにやってみようか」

俊也は、引っ張りだしたラビアにクリップを挟んだ。

いやだったらやめると言ってるくせに、有無を言わさない素早さだった。

「――っ！」

亜梨栖の反応は激しかった。足をおろすと、全身をケイレンしたようにふるわせ、クリップを千切るようにして取り払う。

リボンで飾った乳房がぷるんぷるん前後左右に揺れ、愛液がぴぴっと落ちて床を濡らす。

俊也は、涙をいっぱいに溜めた瞳で自分をにらみつける亜梨栖を見てドキドキしていた。

「い、痛い……ひどいひどい……お兄ちゃん。痛かったんだからねッ！」

亜梨栖ははあはあと息をあえがせている。

乳房に巻きつけた赤いリボンがフルフルと揺れる。

「ごめん。もうしない……これって耳たぶと同じぐらいの痛覚だって言うし、僕がやってみて、この程度なら我慢できるかなって思ったんだ。でも、亜梨栖がいやがるならしない。僕は、亜梨栖を、気持ちよくさせたいんだから」

「お兄ちゃんは、したい？　クリップ、つけたい？」

「亜梨栖を調教したいけど、いやがることはしない」

「つ、つけたら、セックスするとき、邪魔になるよ」

「そのときは取るよ。もちろん」

「ここでしないの？　私、したい。フェラチオしてあげる。一度抜いておくほうが、長く楽しめるんでしょう？　私、欲しいよ。お兄ちゃんの精液」

義妹のかわいい唇から出るきわどい言葉に苦笑してしまう。

「亜梨栖に我慢させるんだから、僕も家まで我慢するつもりだよ」

ファミレスから家までは、ゆっくり歩いても十五分ぐらいだ。前戯にはちょうどいい。

「じゃあ、いい」

いまどきの女子高生言葉は、イエスかノーかわからない。

迷っていると、亜梨栖がつんと顎をあげた。

「お兄ちゃんが、し、したかったら、しなさいよっ!! 言っとくけど、わ、私は、イヤなんだからねッ! だ、だから、手首、縛って……でないと、私、取っちゃう、かも……しれない、から……」

☆

「はぁ……はぁ……」

亜梨栖は、息を荒げながら、舗道をふらふらと歩いていた。

フリルいっぱいのワンピースの裾が、春の風にそよぐ。お日様の光を楽しむように、両手を背中にまわして胸を反らし、まぶしそうに目を細めてる。

上気した頬とうっとりした表情は、まるで恋する少女のようだ。

フリルいっぱいのワンピースを着た清楚《せいそ》な少女が、服の下をノーパン、ノーブラで、しかも、エッチな細工をされているなんて、誰も気づかないにちがいない。

「もうすぐだよ」

横を歩く俊也がささやいた。もうマンションは目の前に見えている。

がない。

双《ふた》つのラビアにぶらさがるクリップは、はじめは痛かったものの、今は痺れて感覚がない。

だが、たまらないのは、歩く動作でクリップが揺れてぶつかるたび、ちりんとかわいい音が鳴り、振動が子宮に到達することだった。

痺れきった子宮は、ファミレスのときのように疼かないが、コップ一杯に入れた水が、表面張力で持ちこたえているようなもので、いつまた発情しはじめるかわからなかった。

垂れさがったラビアに刺激を与えたくないと思うせいで、がにまたになってしまうのが恥ずかしくてならない。

乳房の根を絞るリボンが与える乳房の甘い痛さも、耐え難《がた》いほどになっていた。汗を吸ったリボンが縮み、乳房をよりいっそう締めつけはじめたのである。

「くっ」

「だいじょうぶか?」

足をふらつかせてしまったところ、横を歩く義兄が、亜梨栖の肩を抱いてきた。

二人だけの時間を重ねるうち、二人はどこか似た雰囲気を漂わせるようになってきた。親密そうな雰囲気は、恋人同士のそれというより、兄妹のそれだ。

俊也の様子は、気分を悪くした妹を気遣う、やさしいお兄ちゃんの図だ。

「お兄ちゃん……」

――好きよ。お兄ちゃん。大好き。

抱きつきたくてたまらないが、親指がひどく痛んだので自重する。

亜梨栖は縛られていた。

両手を背中にまわし、親指の外側をつけた状態で、リボンをぐるぐる巻きにされていたのである。

指を立てて、手に小さめの紙袋を挟んでいる。拘束された親指は袋に隠されて、後ろ手にものを持っているようにしか見えない。

「んっ、だいじょうぶだよ。お兄ちゃん」

「ムリするな。苦しそうだぞ。エレベーターでクリップを取ってやる」

俊也が耳打ちした。

「そうだね。私……もう、限界……」

ワンピースの胸には、興奮して勃起した乳首がはっきり見えるし、秘部はとめどなく蜜を垂らし、アスファルト道路にミルク臭のする水滴を落としていく。甘ったるい体臭も強くなり、気づかれそうでドキドキする。

マンションに入り、エントランスを突っきって、ちょうど来たエレベーターに乗る。

ドアが閉まると密室になった。

恐怖と緊張がひと息にほどけ、その場にへたりこみそうになった。

「おっと」

すかさず俊也が支えてくれる。

リボンとクリップは亜梨栖の体力と気力を奪っていて、マラソンのあとのようにはあはあしている。

「よ、よかった……誰もいないね」

「ちょっと待ってろ」

俊也が亜梨栖の足もとにしゃがみ、スカートをめくりあげ、クリップをはずした。

ひとつ目がはずれてほっとしたとき、とまる階を示す電光表示が二階で点滅した。

「お兄ちゃんっ。ドア！」

息がとまりそうになった。

——どうしようっ！　見られちゃうっ!!

エレベーターが開き、ドアが開いた。

俊也は、落としものを拾った、という雰囲気で立ちあがった。

乗ってきたのは大学生ぐらいの青年だ。

エレベーター内に立ちこめている淫靡《いんび》な雰囲気に気づいたのか、亜梨栖のまとう濃密な発情臭が原因なのか、亜梨栖の胸もとや膝小僧のあたりをじろじろ見て、にやにやと笑っている。

亜梨栖は平然とした顔をつくろって、つんと顎をあげた。

横に立つ俊也が、亜梨栖のお尻を後ろ手にいじってきた。

——なんてコトするのよっ⁉　お兄ちゃんっ‼

手が自由なら、俊也の手首を叩いてやるところだ。

亜梨栖は、表情を硬化させ、ぷいっと顔をそむけた。背中をピンと緊張させ、なにもされていませんよ、私は普通ですよ、と全身で訴える。

女の子の気持ちからすると、エッチなことを強制されているという事実よりも、見ず知らずの第三者に自分のエッチさを知られるほうがつらい。

だが、俊也が、後ろ手にスカートをめくりあげて剝きだしのお尻を揉みだすと、もうダメだった。

ひとつだけ残っているクリップが揺れてラビアを揺さぶり、痺れきった子宮がまたもキュンキュンと疼きだす。

「はぅっ……はぁ……」

——だめっ。がんばるのよっ。エッチな声を出しちゃだめっ。お兄ちゃんに気づかれちゃうっ‼

だが、子宮の疼きは乳房の内側の疼きへと発展し、今までの何倍という強さで身体の芯を揺さぶってきた。

——ああ、どうしようっ。イキそう……。お兄ちゃん。やめて……私、イッちゃうよぉ……。

もうだめだ。エレベーターのなかで、知らない人に見られながら絶頂を迎える。失神するにちがいない。お漏らしだってしてしまうかもしれない。

エレベーターの上昇速度は、いやになるほど遅い。

心臓がドッドッドと速い鼓動を刻んでいる。

俊也の手がお尻の丸みを伝いおり、指先が尻穴へとめりこんだ。

「えっ!? や、やだっ、きゃぁっ!」

予想外のところへ受けた刺激に、思わず悲鳴が出てしまう。

三階のランプが点滅した。

すぐにドアが開き、青年が名残惜《なごり》しそうに振りかえりながらエレベーターを出ていった。

☆

亜梨栖はリビングに入るなり、へたりこんでしまった。

俊也が親指のリボンをほどいてくれる。

ひとつだけ残っていたラビアのクリップは、自分で取って放りだした。緊張がほどけて、ほうっと熱い息をつく。

「お兄ちゃんっ、人がいるとき、あんなことしちゃダメッ！　ヘンなことしないでっ、もう、エッチなんだからっ、嫌いになっちゃうゾッ!!」

自分の巣に帰ってこれた安心と、身体が自由になった安堵《あんど》から、ポンポンと文句を言う。

義兄がまいったな、という感じで笑った。

「悪かった。おまえがかわいくて……ついついやっちゃったんだ」

「えへへっ。私、かわいい？　そーよね。私ってかわいいよねーっ」

義兄に抱きつき、ほっぺたを当ててはしゃぐ。

「なにかあったら僕が守ってやる」

言葉が甘く染みていく。

さっきからずっと感じていた乳房と子宮の甘い疼きが、今までにも増して迫ってくる。身体が熱い。燃えあがりそうだ。

「お兄ちゃん。学校でプレイはやめてね。私、目立ちたくないんだ。ウワサになるのもイヤ。こないだ屋上でやっちゃったけど、もう二度と学校ではしないよ。約束してね」

「わかった。約束する。でも、こういうの、スリルあるだろ？」

「うん。すっごくドキドキした！　プレイって楽しいねっ」

兄の唇にちゅっとキスをし、疼いてたまらない乳房をスリつけるようにして身体を揺すると、俊也が背中を撫でてきた。ワンピースの薄い布地越しに、兄の大きな手のひらが這いまわると、ゾクッとした戦慄が走った。

「あんっ」

背中なんてなんということのない場所のはずなのに、上半身がせつなくくねる。まるで全身が性感帯だ。

クリップをずっと挟まれていたラビアが痒くてたまらないが、子宮の疼きはまぎれているので、まだ我慢ができそうだった。

「おっぱいのリボン、つけたままだったんだよな。見ていいか？」

「い、いいよ……い、今、開けるね」

自分でワンピースの前ボタンを開け、襟をはだけて乳房を剝きだしにする。

ムワッと甘い肌の匂いが漂った。

「これはすごいな……」

亜梨栖の乳房は赤いリボンに根をくびられ、いっそう大きく張りつめていた。青い血管が透けている。乳首が発情して硬くなり、つんと上を向いていた。

「ん……汗で、リボンがね、縮んじゃったみたいで、ちょっと痛かった……」

「ごめん」

俊也がリボンをほどいた。乳房の根に食いこむリボンを、引き剝がすようにして取る。リボンの痕《あと》がピンク色の緊縛痕として残っている。

汗で硬くなってしまった結び目を、俊也がようやくのことでほどくと、緊張までもほどけてしまい、その場に再びへたりこんだ。

「あ……ど、どうしよう……や、やだ……おっぱい熱い……じゅくじゅくするよぉ」

乳房の内側が、カッと発火したようだった。

ズキズキとした疼きはリボンを結ばれていたときよりも強い。

リボンの拘束という重しをはずされた身体は、もう自分でもコントロールできないほどに発情し、亜梨栖をどんどんおかしくさせる。

しかも、ラビアも、かきむしりたいほどに痒くなってきたのだ。

「おっぱいとアソコが、じゅくじゅくして熱いよぉっ……お、お兄ちゃん……どうにか、どうにかしてよぉ……」

内側が痒くて熱く、内側がキュンキュン脈動する。

亜梨栖は片手で乳房を揉み、もう片方の手で秘部に手を入れていじりはじめた。

「亜梨栖……」

俊也は、義妹のエッチな様子に目を見張った。

「あんっ……あぁっ……んっ、んんっ……はぁっ、あぁ……」

自分の手で乳房を揉み、めくりあげたスカートのなかに手を入れて、上半身を揺する彼女は、これが見慣れた妹のものなのかと思うほどにエロティックだ。

——あっ。そうか。血流がいきなり戻ったから、おっぱいの内側が熱いんだ……。

俊也がファミレスのトイレでいたずらをしたのは、この白い肌にリボンを結ぶと綺麗だろうなと思っただけだ。視覚的に満足したばかりではなく、プレゼントをもらったみたいで気分的に納得してしまったから、そんなに強く結んだりもしなかった。

それがまさかこんな効果をもたらすなんて、夢にも思わなかった。

——僕、緊縛プレイをやってしまったんだ……。

「お、お兄ちゃんっ。おっぱいが疼くのよぉっ……なんとかしてぇ……お、おかしくなるぅ……」

亜梨栖は自分で自分の胸乳を揉み、上半身を色っぽくくねらせながら、半泣きで訴えた。

そうとう強く揉んでいるようで、指が桜色の模様になって浮かびあがる。真っ白な乳房にまだらにできたピンクの痕《あと》は、ゾクッとするほど扇情的だ。

シットリと汗にまみれた肌は、油を塗ったようにヌメヌメと光っている。

「狂っちゃうよぉ……えぐっ……しくしくっ」

俊也はあわててズボンのファスナーをおろした。

ぱんぱんに勃起したペニスを取りだすと、義妹が膝でにじり寄ってきた。おっぱいの疼きから逃れるためにはペニスしかないと思っているのか、乳房を持ちあげるようにしてペニスを挟む。

「あっ……あぁあっ……いいっ……か、感じるぅっ……!……チ×ポ、好きぃ……」

亜梨栖は激しく乳房を揉みはじめた。

適度なやわらかさと張りを持った亜梨栖の乳房は、ぬくめたゼリーのようにぴったりと、男根に巻きついてくる。

「あっ、チ×ポ、お兄ちゃんのチ×ポ……あんっ、おっきくって、ドクドクして、熱くって……あぁ……う、うれしい……」

パイズリは、膣と違って感触の複雑さはない。ぷにぷにの双丘に圧迫される気持ちよさがあるだけだ。だが、自分のペニスを使って義妹がいっそう高まっていく様子を見るのはドキドキする。

「おっぱい、やわらかくなったな……」

亜梨栖はとろんとした瞳で俊也を見た。目尻が赤く染まり、色っぽい表情になっている。もうなにも考えられないのか、熱に浮かされたような口調でうわごとをささやく。

「お兄ちゃんっ、イキそう……イキそうだよぉっ」

まさか乳房でイッたりしないだろうと思うのに、義妹の様子ははしたないほどになってきた。口の端からよだれが垂れ、ときおりヒクッ、ヒクッと身体を小刻みにふるわせている。

体温も高くなってきて、ペニスに巻きつく乳房が熱い。亜梨栖の心臓が、高い音をたてて鼓動しているのがわかる。

腰をくなくな揺らしているのは、踵《かかと》で秘唇を圧迫して、刺激を楽しんでいるらしい。

──あれ？　こいつ、乳首、いじってねぇな……。

乳房そのものはきつく揉んでいるのに、乳首はあまり刺激していないことに気がついた。

校舎の屋上でプレイしたとき、フェンスに乳房を突っこんで、乳首をこすって楽しズボンのポケットに入れておいたクリップが、手の甲に触れた。

——乳首は、感じすぎるポイントってコトなんだろうな。

んでいたというのに。


亜梨栖は子供のように顔を歪《ゆが》めると、しくしくとすすり泣きはじめた。

「どうにかしてよぉっ。おっぱいがキュンキュンするのよぉっ……アソコも熱いよぉっ。イキそうなのに、イけないよぉ……っ。お兄ちゃんが悪いんだよぉっ！」

クリップでいじめられていたラビアがじゅくじゅくする。秘唇が熱くて痒い。子宮の疼きは割れそうなほどになっている。乳房の甘痛い疼きは、もう耐えられない。

「あぁっ、苦しいよぉっ……お兄ちゃんっ……えぐっ、ぐすぐす……うぇええんっ」

ペニスが乳房の谷間で脈動するたびに、身体がおかしくなっていく。身体中の体液が沸騰して、出口を求めて荒れ狂う。毛穴から体液が噴出するのではないかと思うほどに、内圧があがっていた。

美しい稜線《りょうせん》を引く乳房の谷間から、ピンク色の亀頭が顔を出している。鈴割れの部分から、透明な先走り液がトロトロとこぼれている。

——コレ、舐めたい……。

亜梨栖が顎を引き、顔を斜めに倒して亀頭をチロッと舐めるのと、俊也が乳首にクリップを挟むのは同時だった。

バチン！

無機質なクリップが、かわいい乳首を挟みあげる。

「うっ、ううっ……あ、亜梨栖っ！　亜梨栖ぅっ!!」

感じやすい亀頭をゾロリと掃く熱い舌の感触に、俊也が射精をはじめた。いきなりだった。亀頭から発射された白濁液は、亜梨栖の顎や唇を、容赦《ようしゃ》なく撃ち抜いていく。

「お兄ちゃんっ、お兄ちゃぁんっ!!」

乳首にクリップを挟まれた亜梨栖は、乳房を押し揉む手はそのままで、身体をガクガクとふるわせた。感覚がおかしくなってしまい、手を離すことができないのだ。

耳たぶ程度の感度しかないラビアと違い、乳首は感覚が集中している。その乳首をクリップで挟まれたのだ。セックスはわずか四度目、十五歳の少女には過激すぎる体験だった。

だが、ごっこ遊びの域を超えたハードプレイが、亜梨栖の全身を身体の奥から揺さぶって、オーガズムを引きだしていく。

「イイイッ、感じちゃうっ！　イイのぉっ!!」

身体のなかで荒れ狂う欲望に、ようやく出口を与えられた亜梨栖は、濃くて深いオーガズムへと落ちこんでいく。

——えっ、亜梨栖っ、まさか……。

俊也は驚きのあまり目を見張った。

亜梨栖は大きな乳房の先で、乳首を挟むクリップをぶるんぶるんと揺らしながら、背中をぐっと後ろに反り、人形のように身体を硬くした。

「イッちゃぅうぅうっ!!」

亜梨栖はその場に横ざまに倒れた。

——やっぱりそうだ。イッたんだ。

乳首にクリップをつけたまま、目を閉じて、はあはあと息をあえがせている。

射精途中のペニスがやわらかい拘束からはずれて自由になる。

俊也は自分でこすって射精を助けた。

亜梨栖のかわいい顔と形のいい乳房が、自分の精液で汚れていく様子は、小気味のいい光景だった。

——イッたんだ。亜梨栖。パイズリで……。おっぱいの刺激だけで。なんて感度がいいんだ。なんてかわいいんだ……。

——僕が亜梨栖を痩せさせて、プロポーションをよくさせて……調教して……ここまでにさせたんだ……。

——亜梨栖は僕だけのモノだ……。
俊也は、深い陶酔を覚えていた。

5月21日 午後 お尻で尽くして、全部捧げて

俊也は、あっけに取られていた。

「やだぁあっ。もうっ、なんてコトするのよぉっ、服が汚れてしまったじゃないっ！」

亜梨栖は、顔を真っ赤にしてぷんすかと怒りまくっている。

襟を直してきちんとワンピースを着た彼女は、さっきまであんな乱れていたのが信じられないぐらいに清純そのものだ。

だが、義妹は、身体をひねって、スカートの後ろをチェックしたり、胸もとに飛んだ精液の雫《しずく》をティッシュで拭いたり、忙しそうにしている。

その仕草は、ハムスターがまわし車をくるくる乗っている様子を連想されて、笑いだしてしまいそうになった。

「新品なんだよっ！　今日買ってきたばっかりなんだよっ!!　もう、ひどいんだから

っ。お兄ちゃんっ。シミになったらどうしてくれるのよぉっ!!」

乳首をクリップで挟むというハードプレイを科してしまったことよりも、この妖精めいた十五歳にとっては、おニューのワンピースが汚れてしまったことのほうがショックらしい。

「ごめん。洗うよ」

「当然でしょっ！　お兄ちゃんが汚したんだから！　洗濯機はダメだよっ。モルゲンしてねっ。あっ。そうだっ。リボンも洗ってね。くちゃくちゃにしたらダメだからねっ」

モルゲンとはオシャレ着洗いの洗剤の名前で、手洗いしろと言っているのだ。面倒だが仕方がない。

亜梨栖は自分の身体を拘束していたリボンを、大事そうにワンピースのポケットに入れた。

「おまえ、身体、なんともないか？」

「ん。そうだね。アソコが痒いし、乳首もヒリヒリするし、子宮もまだちょっと……かな。おっぱいもちょっと……だし」

「ちょっと、なに？」

「そ、その……う、疼く、っていうか……」

子宮とかアソコとか口に出すのは平気みたいだが、疼くという言葉を紡《つむ》ぐのは恥ずかしいらしい。

——こいつの思考回路はわかんねぇな……。

「つらいのか？」

「ううん。平気。ってか、さっぱりすっきりだよぉーっ。私、おっぱいでイッちゃったんだね。すごいねー。お兄ちゃんのエッチ漫画にも、おっぱいでイクなんてなかったよーっ。漫画ってウソばっかりだねーっ」

おまえがインランなんだろ、と言いそうになったが、亜梨栖が怒りだすことは目に見えているので、言わないでおく。

「身体洗いたいだろ？　風呂入るか？　湯、入れてやる」

「ん……そうだね……うちのお風呂って洗い場が狭いじゃない？　プレイするにはキツイよね？　横たわれるぐらいのスペースが欲しいな」

亜梨栖はワンピースを着る前、ウェットティッシュで胸と秘部を拭いただけだ。身体を洗いたいのではないかと思いお風呂を勧めたのに、義妹にかかるとすぐにエッチなほうへと転がってしまう。

「あははっ……亜梨栖らしいや……」

俊也はついに笑いだしてしまった。

あつかましくて横着でおこりんぼの、年下の義妹。

ハードプレイで絶頂に行き着き、失神してしまうエロティックさと、無邪気に甘えてくるときの落差がたまらない。

「もうっ、なにを笑っているのよっ！　お兄ちゃんっ!!」

「いてっ！」

亜梨栖が投げつけたクリップが、俊也のおでこにヒットした。

たいして痛くなかったが、額を押さえて大げさに痛がってみせると、義妹がおろおろと取りすがってきた。

「きゃーっ。ごめんっ。ぶつけるつもりはなかったのっ！　はずすつもりだったんだってば。ごめんね。狙ったらよかったね。そしたら当たらなかったのにっ!!」

亜梨栖は成績がいいが、スポーツは苦手だと聞いたことがある。

ほんとうにウワサ通りで、おかしくなってしまう。

「あははっ」

「あ、あれ？　おでこ、平気なんだ？　もうっ。大げさっ。心配したんだからねっ!!」

「いてっ、殴るなっ」

小さな握り拳でぼかすかと殴ってくる亜梨栖の手首を両手でつかむ。

義妹が顔を輝かせながら、俊也の顔を覗きこんだ。

なにか思いついたときの顔つきだ。

「お兄ちゃん。洗濯物、増えてもいいよねッ！　お兄ちゃんが洗濯してくれるよねっ？」

「いいけど、なんのことだ？」

「ローションプレイしようっ！」

「ローションッ!?」

「知らないの？　お兄ちゃんの漫画に載《の》ってたよ。身体にどろんどろんの液体つけて、女の子がヌルヌルゥ～ってするの。気持ちよさそうだったよーっ。私、やってあげるねっ」

「ローションなんてモノ、あるのか……」

「ローションはないけど、エキストラバージンオリーブオイルならあるよっ。お肌のお手入れ用だよっ。肌がツヤツヤになるの。どうせお風呂に入るんだから、ネトネトヌルヌルやっちゃおうっ!!　でもでもっ、私の部屋はイヤだよっ。お兄ちゃんの部屋でするんだよっ。後片づけはお兄ちゃんねッ！」

義妹の小さな手が俊也の手首をつかむ。

俊也は、亜梨栖に引っ張られるままに、リビングを出ていった。

☆

俊也は、全裸になって自分のベッドにあお向けになっていた。

興奮と期待にペニスが勃起し、不規則に動いている様子が見える。

照れくささと恥ずかしさでいたたまれなくなってしまう。

「んふふーっ。お兄ちゃんはそのままあお向けに寝ててくださいーっ」

ベッドの横に立つ亜梨栖は全裸だった。脱ぎ捨てられたワンピースとショーツが、フローリングの床に落ちている。

自分の部屋に、全裸の義妹がいる。それは、どこか不思議な光景で、目を奪われずにはいられない。

「バージンオイルって、なんかエッチな名前だねーっ」

亜梨栖はオリーブオイルを乳房全体に塗りたくっている。

小さな手のひらがぷりんと張った大きな乳房を這いまわる様子は、ビジュアルとしても刺激的だ。お腹のあたりまで油を伸ばしたせいで、清楚《せいそ》な身体がヌメヌメと輝いている。

さっきまで、指の痕《あと》やリボンの緊縛痕が桜色に残っていた乳房は、もう元通りになっていた。ツヤツヤと白く光る乳房の頂点で、左の乳首だけが大きくて赤い。

俊也がクリップでいじめたほうだ。

「痛……っ」

腫《は》れた乳首に手が触れたとき、痛そうに顔をしかめた。

「痛いのか」

「うん。ちょっと痛い……。なんでだろね。アソコは痛くないのにね。アソコのほうがぜったい痛いって思ってた」

女の人は、耳たぶにイヤリングを挟む。重そうなイヤリングでも平気でつけていることを考えると、痛覚が耳たぶと同じぐらいと言われているラビアは、プレイ向きのパーツなのかもしれない。

「ごめんな……」

「ううん。平気だよ。お兄ちゃんのしたいこと、私にしてよ。私、お兄ちゃんなら、なにをされても平気なの」

甘い声でささやかれると、もうそれだけで射精してしまいそうになる。

——ああ、だめだ。もう、もう、たまんねぇ……。

「ふふっ、おじゃましまぁすっ！」

亜梨栖はベッドに乗ると、俊也をまたいできた。

大股開きした彼女を、下から見あげる形になった。お尻の谷間で、秘部とアヌスがはっきり見える。いつもならスリットの内側に収まっているラビアがでろんと伸びて、赤く充血している様子はエッチだったが、つつましくすぼまったお尻の穴のほうに目が奪われてしまう。

——アナルセックスって、どんな感じなんだろう。

——亜梨栖はいやがるだろうな。強引にやってしまおうか。……いやいや、それはよくないよな。でも、お兄ちゃんならなにをされても平気だとか言うしなぁ。なんだかんだ言って、こいつ、エッチだし、調教プレイ、楽しんでるし……。

「お兄ちゃんっ。えへへーっ。好きぃーっ」

考え事に耽《ふけ》っている俊也の身体に、熱い身体がのしかかってきた。亜梨栖は、乳房を胸板に密着させると、円を描くようにして上半身を揺らす。

「よっしょっと、そーれっ。ぬめぬめーっ。えっと。こんな感じかな」

量感のある大きな胸乳が、俊也の胸板を圧迫しながらヌルヌルと移動する。

俊也の身体をまたいでいるので、太腿が腰の上を圧迫し、秘唇が下腹部の上を這いずりまわる感触もたまらない。

お風呂場で、背中を乳房でこすってくれたことがあるが、あのときは発熱する前だったので、乳房はもっと硬かった。

俊也の精液を浴びるたびに身体が熟し、やわらかく実った乳房がオリーブオイルのぬるみを借りて撫でさする。

シットリしたやわらかい胸乳の感触は、人肌の温かさとともに、おだやかな気持ちよさをもたらした。

乳首だけがポチッと硬く、やわらかい乳房の感触のアクセントになっている。

「んっんんんっ、こ、これって、意外に体力使うね。ムリな体勢だからかな、なんか、筋肉痛起こしそう……」

亜梨栖は、俊也を楽しませようと一生懸命だ。

汗まみれになりながら、乳房で俊也の身体をマッサージしようとして、身体をクナクナ揺らしている。

ペニスに秘唇が当たる感触と、恥丘の上のあわあわしたヘアが、下腹や鼠蹊部《そけいぶ》をこする。亜梨栖の体温と密着感が気持ちいい。

「ムリすんな」

「重い？」

「だいじょうぶだよ。亜梨栖の重さだからぜんぜん平気だ」

「私、重いかな？」

「なんでそんなに体重を気にするんだ？　太ってても痩せてても、亜梨栖は亜梨栖だよ」

「う……」

意外なことが起こった。

義妹が声をつまらせたと思うと、突然ぽろぽろと泣きだしたのだ。

——うわっ、な、なんだっ？　どうしたんだっ⁉

「うぇっ……しくしくっ……ぐすっ……」

触れてはいけないところに触れてしまったのだと気づく。

ヘタに慰めると大泣きされてしまいそうで、知らないフリをすることにした。

身体を下へとずらせると、左の乳首を唇で捕らえ、チュウチュウと吸う。オリーブオイルだから、口に入ってもだいじょうぶなはずだ。

痛そうにぷくんと腫《は》れた乳首をやさしく吸うと、亜梨栖の上半身がせつなそうにくねった。

「あっ、ん……だ、だめぇ……やんっ」

ウェットティッシュとタオルで拭いたおかげで、一度は消えていた甘い体臭が鮮明に立ちのぼる。オリーブオイルの香ばしい匂いがスパイスになり、体臭がいっそう濃く香る。

亜梨栖は興奮すると体温があがるので、密着している俊也はもう汗だくになっている。

「だ、だめっ……私、おっぱい、ダメ……な、なんだってば……」

亜梨栖の上半身が逃げたそうに揺れるが、力をこめて乳首を吸うと、乳首がうにゅうーっと口唇のなかで伸びる。

──うわっ。すげぇ……やわらけーっ。ゴムみたいだ……。

亜梨栖の身体はどこもかしこもやわらかい。いい匂いがして、適度な張りがあり、いつまでもいつまでも抱きしめていたくなる。

亜梨栖は可塑性《かそせい》の高い粘土みたいな女の子だ。

身体を合わせるたびに形を変えて、俊也の理想の女の子へと変貌していく。セックスすればするほど、どんどんやわらかく洗練されて、美しくなっていく。俊也がこねてつくりあげた、自分だけのオートクチュール。

「あん……おヒゲ、チクチクするぅ……あっ、あぁっ……んっ……やぁあんっ、疼くのぉっ」

うつぶせになった亜梨栖が身体をクナクナさせるたび、トロけた秘唇や太腿の内側、あるいは膝小僧が、勃起したペニスに当たる。

もう俊也は、挿入したくてたまらない。

すべすべの背中を撫でさすりながら、少し強く乳首を吸うと、義妹の身体がガクガクッとふるえた。

「あっ、あぁあっ、ど、どうしようっ、イっちゃいそう……っ」

ひくっと喉を鳴らし、筋肉を硬くする。

――そうだった。こいつ、おっぱいのペッティングだけでイッてしまうんだ……。

俊也はあせった。義妹の性格だと、自分だけイッてしまうと、もう疲れたから寝ると言いかねない。

「あ、亜梨栖。騎乗位でチ×ポを入れてくれ」

「キジョーイ？　あ、ああ、女が上になるやつね……」

義妹は夢を見ているような表情で身体を起こした。俊也をまたいだまま膝で立つと、自分の手でラビアごとプックリした秘唇を開く。

花びらの内側に溜まっていた蜜がとろとろぉーっと落ちる。下から見あげる状態なので、膣口がヒクつく様子まではっきり見える。シワヒダを集めてすぼまるお尻の穴に目がいってしまう。


亜梨栖は、ペニスをめがけてお尻をおろしたが、ピクピクと動く男根は思うように膣口に入らない。秘唇で男根を圧迫しただけになった。

「んっ、む、難しいな……もう、動いちゃダメッ……んっ、んんっ」

片手を伸ばして肉茎を持ち、きゅっと引っ張る。

「いてっ」

「あーっ。ごめんっ。痛かった？　引っ張らないようにするね。んっ、んっ、よっ、しょっと」

「おい、ぜんぜん入らないぞーっ」

「もう、ゴチャゴチャ言わないでよっ。難しいコトしてるんだから、黙っててほしいんだよね！」

腰を小刻みに揺すりながら位置を合わせる。ようやくのことで膣口に亀頭がめりこんだ。

「ウッ」

「あんっ、き、気持ちいいよぉっ！」

体重をかけてゆっくりと腰をおろしていく。

硬い灼熱の陽根が奥へ奥へと進んでいく感触は、ひどく気持ちがよかった。

「あっ、あぁあっ、イイッ……き、気持ち、いいのぉっ!!」

ファミリーレストランの自慰、露出散歩、エレベーター、パイズリでの絶頂、ローション（オイル）プレイとつづく長い長い前戯の結果、ようやく与えてもらえたペニスの感触に、身体がブルルッとふるえてしまう。

亜梨栖の膣は、等間隔に狭いところがあり、そこの締まりが特別に強いために、侵入がカクッ、カクッととまる。

それが亜梨栖を焦らせ、欲望を募らせる。

「は、早く……ほ、欲しいの……お、奥まで、ちょうだいっ……あうっ」

ようやく亀頭が子宮口を突きあげた。

甘い衝撃が身体の芯に走り、脊髄《せきずい》を伝って乳房を揺らしながら脳髄を突き抜けていく。

「こ、これが、ほ、欲しかったのぉっ!!」

亀頭が子宮口を刺激した瞬間、歓喜のあまりキュンキュンと収縮する子宮が、熱くて濃い子宮頸管粘液《しきゅうけいかんねんえき》をドブッと吐く。

ツブツブザラザラした膣ヒダは、小さな舌が男根をいっせいに舐めあげるような動きを繰りかえす。

「き、気持ち、いいぃっ!」

フワッと意識が空に浮かぶ。

亜梨栖はあわてた。いくらなんでも早すぎる。まだ挿入して一分も経っていないのに、絶頂の前兆を知らせる目の裏のチカチカがはじまった。

「ど、どうしよう……イキそうよぉっ……」

こんな早くからオーガズムを迎えると、イキまくって狂ってしまうに決まっている。

「ラビア、だいじょうぶか？　クリップ、痛かったろ？」

「んっ、平気……そんなに、い、痛くないの。でも、クリップが揺れると……し、子宮にびりびりって振動が伝わって、キュウウンッってなるから、く、苦しかった……」

話していると、苦痛に近い快感がまぎれる。

亜梨栖はけなげにも微笑んだ。

「私、お兄ちゃんのチ×ポ、すごく好き……プレイ、楽しいよ……いっぱいして……わ、私を、メチャクチャにしてね」

「僕も好きだよ」

「うれしい。お兄ちゃん。ね？　ちょうだい。精液、いっぱいちょうだい」

俊也は、下から男根を突きあげた。

亜梨栖の膣は、ツブ立ちがいっそう鮮明になり、触手がいっぱいに生えたイソギンチャクのようだった。

狭いところが数カ所あり、それが適度な抵抗感を生みだして、うっとりするほど気持ちがいい。

亜梨栖が膝を使って腰を上下させはじめた。俊也が腰を突きあげる動きとぴったり合う。亀頭が、ラグビーボールのようなネッチリ硬い子宮口を、勢いよく突きあげる。

「あんっ、あんっ、お、奥っ、くうっ！……き、きたっ、来るっ！」

亜梨栖が乳房を振りながら、グッと身体を硬くした。

「あぁあぁあっ、イクよぉっ!!」

失神したり、身体を硬直させずにイク方法を覚えたみたいで、その瞬間、膣ヒダがキュキュキュー一っと締まる。まるでドアノブをひねるように、ネッチャリと絡みついた膣肉が、きゅうるりとよじれる気持ちよさは、何度味わっても気持ちがいい。

俊也もそろそろだった。

一度抜いているから、もっと余裕があるはずなのに、イキまくる亜梨栖に煽《あお》られて興奮が極まってしまう。

絶頂を迎えたばかりの亜梨栖の腰をしっかりと支え、下からぐっぐっと腰を突きあげる。

「はぁ……はぁ……お、お兄ちゃんっ……だめぇえっ、死ぬよぉっ……」

義妹は目を開いたが、もう苦しくてならないとばかりに上半身をグラグラさせている。

ぐじゅっぐじゅっと結合部が鳴り、汗の雫《しずく》が弾け飛ぶ。

油にまみれてヌメ光る乳房がゆさゆさと揺れる。またも亜梨栖の身体が硬くなり、膣ヒダがキューーッと引き絞られる。

「いいっ！　あっ、だめぇっ、やぁあんっ、飛んじゃううっ!!」

亜梨栖はもうイキっぱなしだ。

インランだと思っていたが、まるでタガがはずれてしまったような乱れっぷりに、俊也も興奮せずにはいられない。

「い、いやっ、も、もう、やめてぇっ」

亜梨栖は腰を支える俊也の手の甲を引っかきながら、逃れようとして腰をじたばたさせている。

「亜梨栖、腰、上下させて……そらっ」

騎乗位は女の人がリードしなくてはどうしようもないのだが、妹気質の亜梨栖にはそもそもムリな注文だった。

「い、いや、やめるっ！　もう、もう、苦しいんだよぉ……っ」

俊也は、泣きじゃくる亜梨栖の腕を引き、倒れこんできた義妹をしっかりと抱きしめる。そして、腕のなかに巻きこむようにして転がった。


「きゃあっ！」

亜梨栖は悲鳴をあげた。

視界がまわり、おろおろしているうちに、俊也が上、亜梨栖が下の正常位になった。

しかも俊也は、亜梨栖の両脚を肩の上に乗せてしまったのである。

「えっ？　ええっ？　お、お兄ちゃんっ、な、なにをするの？」

俊也は、亜梨栖の身体を腰から折り曲げるようにして上から挿入しはじめた。ふたつ折りにされて上からのしかかられたのだから、女にとって最も苦しいアクロバティックな体勢だった。

「い、いやぁっ。だめぇっ。死ぬっ。死んじゃうっ!!」

ペニスが上下し、亀頭が子宮口を押しつぶす勢いできつく叩く。

Kスポットを容赦《ようしゃ》なくえぐり抜く義兄の男根に、亜梨栖は泣き、わめき、逃れようと必死になった。

「あぁあっ、あぁっ……お、お兄ちゃんっ！……あぅっ」

ふうっと意識が途切れ、乱暴な律動に引き戻される。周囲が銀色に光り、目の裏で火花が飛ぶ。亜梨栖はもう、泣きじゃくっていた。

イクという意志表示もできず、次から次へやってくる絶頂に、イキまくってしまう。

「はぁっ……はぁはぁ……ひあっ、ううっ……んんっ！」

身体中の血液が沸騰し、内圧が加速度的に増していく。脳天を突き抜ける強い刺激に、脳味噌がシェイクされ、狂ってしまいそうになる。亜梨栖はよがり狂った。ほんとうに狂ってしまいそうだった。

「い、いやぁっ、いやあぁあっ!!　ヘンになっちゃうっ!!　いやあぁあっ、やめる、やめるぅっ!!」

まるでバンジージャンプみたいだった。あがったと思うとさがり、身体がもみくちゃに振りまわされる。怖いほどの快感に、身体がブルブルッとケイレンを起こす。

亜梨栖はヒクッと喉を鳴らし、しくしくと泣きだした。

「亜梨栖っ、亜梨栖っ、だいじょうぶか……」

亜梨栖の様子が、はっきりとおかしくなったことに気がついたのだろう。性急に突きあげていた動きがスッととまった。大好きな義兄が、心配そうな顔つきで亜梨栖を見ている。

「ん、だいじょうぶ……お兄ちゃんだから……」

俊也の汗まみれの顔を見ると、ふいにいろんな感情が荒れ狂った。

――私がイヤだって言ったら、お兄ちゃんはやめてくれる……。

義兄は、ムリ強《じ》いをしない。ひどいことを言って、亜梨栖をキズつけたりしない。絶対に亜梨栖を裏切らない。

信頼と従属と安心が、甘い疼きとなって胸の奥へと染みていき、身体の内側を甘く満たす。ポロポロと涙がこぼれる。

「お兄ちゃんだから、平気……だよ……お兄ちゃんは、私に、なにをしても……いいの……」

「で、でも……」

「ね？　お、お兄ちゃん……精液、ほ、欲しぃな……」

女の本能が精液を求めていた。

小休止を取ったことで、欲望は収まるどころかよりいっそう強くなり、身体の奥が熱くたぎる。亜梨栖は、膣ヒダを意識的にうごめかした。

肉茎にまとわりつくツブツブザラザラの膣ヒダがキュルルーッと締まる。

「わ、わかった」

俊也は、再び腰を動かしはじめた。どこか心配そうに、遠慮がちな強さで前後していた動きは、少しずつ強くなっていく。

「あっ、お兄ちゃんっ！　いいよぉっ。き、気持ち、いいよぉっ」

「うっ、ううっ、うっ……」

俊也の動きはどんどん速くなっていく。

亜梨栖はシーツをぎゅっとつかみ、疾風《しっぷう》の感覚に耐えた。

絶頂の前ぶれである目の裏のチカチカがはじまった。

「ああっ、お兄ちゃんっ、イキそうだよっ」

身体が激しく揺さぶられ、結合部がぐちゅぐちゅといやらしい音を鳴らす。いったん休憩を取ったぶんを取りかえすように、あっという間に快感のゲージが振りきれる。

子宮が熱くたぎっていて、子宮頸管粘液《しきゅうけいかんねんえき》も、バルトリン腺液も、よだれも汗も垂れ流しだ。

「うっ、亜梨栖っ、ううっ」

「いいの、いいのっ……あぅっ……くっ、んっ……お、お兄ちゃぁあんっ。あんっ、飛ぶよぅっ、イクッ」

びっくりするほど高まって、意識がびゅんびゅん空を飛ぶ。

人間が味わえる、快感の限度を超えている……そんな気がした。

狂う。狂う。狂ってしまう。戻れないところにいってしまう。

「ちょうだいっ。精液っ、お、お願いっ、ま、またイクッ！」

ギュルギュルギュルーッ！

熱くたぎった亜梨栖の膣ヒダがケイレンし、男根をこれ以上できない強さで締めつけた。


「うわっ、亜梨栖っ！　ううっ」

イキっぱなしだった亜梨栖が、ついに最後の絶頂を迎えた。

膣ヒダが狂ったポンプのようにうごめいて、男根をマッサージする。

最後のひと突きをくれてやるつもりで、大きく腰を引いたところ、予想よりも早く射精がはじまった。

内側へと引っ張りこむような膣ヒダのうごめきを利用し、ズウンと深く挿入する。

子宮口を強く突きあげると、子宮がビリビリビリッと振動したのがはっきりわかった。

そして、そのまま動きをとめ、義妹の子宮に向けて射精する。

「イッちゃぅぅっ!!」

亜梨栖はギリギリと歯を噛みしばり、白目を剝きながら、身体をガクガクと小刻みにふるわせている。膣ヒダが、お願いもっと精液をちょうだいとばかりに、蛇腹のポンプのように蠕動《ぜんどう》している。

身体は硬直しなかった。硬直せずにイケるようになったらしい。

最後の一滴まで精液を注入した俊也がペニスを抜くと、亜梨栖のお尻が斜めにベッドに落ちた。

腰をひねった不自然な状態になった。

ほころんだままの秘唇から、逆流して溢れた精液がトロトロと落ちる。

セックスの痕跡が生々しく残る秘部の上で、お尻の穴はかわいらしくすぼまっていた。

☆

亜梨栖はすうすうと寝息を立てはじめた。

満足そうな顔をしている。

俊也は時計を見た。

両親の帰宅までは、まだ時間がある。

――いいよな。別に。

亜梨栖のことだ。はじめはいやがって怒りまくるだろうが、ムリヤリにやってしまえば、夢中になるに決まっている。

次のチャンスに取っておく、という方法もあるが、次に二人きりになるときは、いつになるかわからない。

――アダルトグッズ、欲しいな……。

リボンやクリップといった小道具でさえ、こんなにも楽しめるのだから、それ専用のグッズを使えば、もっともっと楽しめるだろう。

――ロータープレイ、学校でやりたいな。ラビアにクリップつけて、鈴をぶらさげるとか、ヒモつけて引きまわすとか……。いや、それはやりすぎだ。かわいそうだよな。制服のままのこいつに学校で奉仕してもらうだけで充分だ。

学園のマドンナを、学園でかしずかせる。

家でするより、ファミレスで自慰強要するより、露出散歩させるより、エレベーターで痴漢ごっこをするより、ずっとずっと楽しいに決まっている。淫靡《いんび》な想像に顔がにまにましてしまう。

校舎の屋上でのプレイはものすごく興奮した。学園のマドンナとして、男どもの人気を集める亜梨栖は僕のモノなんだと、皆に言ってやった気分だった。

——だめだ。約束したんだ。学校ではしないって……。学校はイヤだって、あいつ、本気で言っていた。

——今日はリボンで満足するか。オイルもあるしな……。

亜梨栖がベッドサイドに置いたオリーブオイルのボトルは、ポンプ式になっていて、先端の尖った部分が、尻孔に注入するのにちょうどいい形をしている。

俊也は、義妹の、シワヒダを集めてかわいらしくすぼまっているアヌスを見て、にやッと笑った。

☆

亜梨栖はムズムズする感触で目を覚ました。

「んっ、な、なに？　い、いやっ、き、気色悪いっ！」

お尻の穴に、なにかがめりこんでいた。イモムシのようにうごめきながら、じわじわと奥を目指している。

うつぶせになっているために、見えるのはシーツとベッドの頭部だけだ。

「な、ななな、なにっ？　い、いやっ、いやぁあっ！」

自分の手首が、ベッドの頭部に結《ゆ》わえつけられていた。蝶々《ちょうちょ》結びにしたリボンが、フルフルと愛らしく揺れている。

「な、なんでっ？　なんでこんなこと!?　ほどいてっ！　ほどいてよぉっ!!」

長時間に渡るプレイと、エクスタシーに次ぐエクスタシーで疲れてしまい、思考回路が働かない。ここがどこなのかもわからない。

パニックを起こし、手足をばたつかせて暴れる。手足のヒモにはゆるみがあるが、両手を拘束されてしまうと、どうすることもできない。

「僕がしたんだよ」

兄の声だった。

ではここは兄の部屋だ。失神したあと、縛られたらしい。

「お、お兄ちゃん!?　な、なんで？」

「アナルセックスの準備だよ」

「アナル……セックス……」

顔がスッと青くなった。

「意味、わからないか？　ココでね、愛し合うんだよ」

「そ、そんな、ムリ……入らないよ……。こ、殺す……つもり、なの……」

「だいじょうぶだよ。そんなおおげさな」

義兄がコレクションしていたエロ漫画に、アナルセックスのシーンはあった。

だが、漫画家の創作にすぎず、ほんとうにそんなことが可能だなんて、夢にも思わなかった。

人体実験をされる気分だった。恐怖のあまり、冷たい汗がぷつぷつと吹きでる。

物理的に可能だとしても、排泄孔で愛し合うなんて、想像するだけで気持ち悪い。

「お、お兄ちゃんは、私が嫌いなのっ!?」

「とんでもない。大好きだよ」

義兄の声がやさしく響く。

——お、お兄ちゃん。どうしてこんな、落ち着いているの……。

お尻の穴にめりこんで奥をめざしているなにかの正体が、やっとわかった。俊也の指だ。指の腹が腸壁を撫でさする感触に、排泄欲求が煽《あお》られる。

奥のほうがヌルヌルして気持ち悪い。

ふと見ると、ベッドサイドに置かれたオリーブオイルのボトルが、かさをかなり減らしていることに気づく。

「お、お兄ちゃん。オリーブオイル、使った？」

「ああ、そうだよ。潤滑剤にね。亜梨栖は僕を嫌いなのか？」

「好きよっ。でも、それとこれとは別よっ。や、やめてよっ。お、お願いだからっ」

「今に気持ちよくなるよ」

「気色悪いよっ。で、出そうだよぉっ」

「なにが出るんだ？」

亜梨栖はきゅっと唇を噛んだ。

粗相《そそう》をしそうだなんて、口が裂けても言いたくない。

お尻の穴をいじられると、排泄《はいせつ》欲求がこみあげて、居ても立ってもいられなくなる。おトイレに行きたくて苦しい。お尻が左右にくなくな揺れた。

俊也は、少年のようにきゅっと締まった小さなお尻が、えくぼ状のへコミを大きくする様子を見ながら、お尻の穴に入れている指を二本にした。

「う……ひぃっ……ひ、ひっ、ひぃいっ」

背中の中央のクボミに溜まった汗が、亜梨栖が身体をふるわせるたびに脇のほうへと流れていく。

ほんの半月前までムッチリした背中をしていたのに、今の彼女は、肉づきの薄い背中をしている。ほっそりした背中が汗にまみれてふるえる様子は、どこか痛々しい光景で、ひどく興奮を誘われる。

「うえぇっ、ぐすぐすっ……しくしく……」

泣きじゃくる亜梨栖を見ていると、もっと泣かしてやりたいような、よしよしと頭を撫でて抱きしめてあげたいような、相反した気分が荒れ狂う。

俊也は、指を三本にして、ヌポヌポと出し入れをした。

オリーブオイルをムリヤリに注入したせいか、時間をかけてゆっくり拡張したせいなのか、はじめは硬いばかりだった尻孔も、今はフンワリ開いて直腸粘膜をあらわにしている。

「腸の粘膜って、綺麗なピンク色をしているんだ」

「い、いや……恥ずかしい、み、見ないで……そんなトコロ……」

お尻の山に力をこめて尻タブを閉じようとしているが、緊張をつづけることは難しいらしく、すぐにお尻が開いてしまう。

「うっ、う、むっ、く、苦し、い……ぐっ……あ、あぁ、やめてぇ……」

弱々しい声であえぐように言いながら、手首を握りしめて我慢している。

失神から覚めたとき、激しく抗《あらが》った義妹は、今ではすっかり大人しくなった。

拘束をほどくことはできないと悟ったのか、あきらめてしまったのかわからない。

「ひっ、ひぃっ……で、出ちゃう……うぐっ……」

秘唇がパックリ開き、膣口が複雑にうごめくと白い液体をトクッと吐いた。俊也が子宮に注ぎこんだ精液が、逆流して溢れたのだ。

「出るって、精液のことだったの?」

とぼけて聞くと、亜梨栖はほっとしたようにうなずいた。

直腸粘膜の内側なんて、本人でさえ見たことがないだろう。

——僕は今、亜梨栖の内臓を見てるんだ。

亜梨栖の秘密を知ったような、本音を覗いたような、そんな気分になって興奮する。

三本そろえた指が、根元までめりこんだ。

「うっ、うううっ、い、いや……ひぃっ……」

そろそろかなと考えて、指をそっと取り払う。

魚の口のようにパックリ開いた尻孔に、もうずっと勃起しっぱなしのペニスを押し当てた。

そして、尻肉をつかむと、亜梨栖の腰を持ちあげるようにして、亀頭をめりこませていった。

「うっ、ううっ……うっ」

俊也は肛門括約筋が全力で抵抗してくる感触を楽しみながら、尻肉を割り裂くようにして男根を挿入していく。

亜梨栖は、恐怖と苦痛に身体を硬くした。

「い、いやっ、いやいやっ、いやーっ」

苦痛はなかった。思っていたほどの痛みはなかった、という意味だ。オリーブオイルのせいなのか、俊也がさかんにいじっていたせいなのか、ペニスはヌルヌルと入っていく。

初体験のときのような痛みはなかったが、閉じた器官をムリヤリに開かれる拡張感に冷や汗が吹きでる。異物感と圧迫感が強く、お尻が割れてしまいそうだった。お尻の内側の繊細な粘膜が、亀頭のエラにこすられて、ひどく痛く熱くなる。

さっきからずっと感じていた、おトイレに行きたい気持ちが強くなってきたことも恐ろしい。

――ど、どこまで入るの？

直腸には子宮という名の行きどまりはないから、びっくりするほど深く入っていく。

男根は尾骨を突きあげて、ようやくのことでとまった。

「くっ、うっ……は、入ったよ。全部……亜梨栖のなかに」

義兄が、息を弾ませながら言った。

膝を立ててお尻を突きだした状態で、義兄にアナルを犯されている。しかも、手首を縛られたままの状態で。自分の身に起こっていることが信じられない。圧迫感と膨張感で、腰の内側がいっぱいになっている。少しでも気を許すと、お尻が割れてしまいそうだ。

「い、いや、お兄ちゃん、ひどい……ひどいよっ。出ちゃうよぉっ」

亜梨栖は泣き声をあげ、縛られた手首を引っ張って悶えた。

男根が尾骨を突きあげたことで、ずっと感じていた排泄欲求が、我慢できないぐらいに強くなった。

このままだと、ひどい粗相《そそう》をしてしまう。逃げたくても、手首を縛られ、お尻をつかまれて直腸粘膜を犯されているのだ。どこにも逃げるところはない。

「い、いや、いやなのっ……やめてぇっ、お、お兄ちゃんっ!!」

亜梨栖はお尻をクナクナ悶えさせ、背中を上下させた。

いやな汗が白い肌を伝い、指先が冷たくなる。

排泄欲求は切羽つまったものになってきた。もう一秒だって我慢できない。

「ご、ごめん……も、もう、やめるよ……手首も、す、すぐ、ほどく、から……」

俊也が、すまなそうな声で言いながら、ペニスをそそくさと抜きはじめた。本気の抵抗が、義兄にも伝わったらしかった。

——そうだった。お兄ちゃんは、私をいじめたりしないよ。イヤだって言ったらやめてくれるんもん。

安堵《あんど》と安心で、ふうっと吐息《といき》をもらす。恐怖と緊張がやわらかくほどけた。そのとき、拷問《ごうもん》のような苦痛が、淡雪《あわゆき》のようにフワッと溶けて消えていく。そして、空に浮かぶほどの甘い気持ちよさへと変化した。

「な、なにこれっ、なにこれぇっ!?」

亜梨栖はあわてた。声がうわずる。身体がふるえて汁が噴きだす。おトイレを我慢しているときの居ても立ってもいられない苦しさが、一瞬で甘い快感へと変わったのだ。こんなこと信じられるわけがない。

「ど、どうしたんだ?」

俊也は亜梨栖の激しい反応にとまどった。

義妹があまりにも苦しがるのでやめようとしたのに、小さく締まったお尻が、お願いもっと奥まで入れてとばかりに高々と掲げられたのだ。

「抜いちゃダメッ! き、気持ちいいのぉっ、お兄ちゃぁんっ!!」

俊也は迷った。さっきまでの苦しがりようはかわいそうなぐらいだったのに、いきなり気持ちがいいと言われても混乱してしまう。

だが、ブルルッ、ブルルッとふるえる背中を見ていると、この淫蕩《いんとう》な義妹が、アナルセックスで深い快感を覚えていることは納得できた。

俊也は、お尻の脇をしっかりと持ち直すと、勢いをつけて挿入した。

亜梨栖の双臀と俊也の腰が当たり、パンと乾いた音がたつ。

「いやっ、苦しいよぉっ！　やぁああんっ!!　やめてっ、やめてぇっ!!」

「亜梨栖？　ご、ごめん。やっぱり抜くよ……」

俊也は、名残《なごり》惜しさを感じながらもペニスを抜こうとした。逃がすものかというように、直腸粘膜がピッチリと締まる。義妹の尻穴は、ぬくめた生ゴムのようにツルツルだ。熱くて熱くて、俊也まで汗まみれになってしまう。

亜梨栖の背中がブルッとふるえ、陰嚢《いんのう》に触れている秘唇が精液まじりの愛液をドロッと吐きだす。

「あぁあぁあっ、き、気持ち、いいぃいいいっ!!　して、もっと、もっとしてぇっ!!」

「な、なんだ？　どうすりゃいいんだ？　わ、わかんねぇ……つ、つづけるぞっ！　いいなっ」

混乱したが、律動をつづけることにした。俊也も、もう、今さらやめられなかったのだ。

直腸粘膜はツルツルスベスベで、膣や口腔のような感触の複雑さは皆無だ。だが、熱くてヌルヌルで、男根をキュウキュウと締めつけてくる。

パイズリに似た感触だが、肛門括約筋の力を借りた締めつけは、他に類を見ないほどに強烈で、いけない快感を呼び覚ます。どこか危険な、アブノーマルな快感だ。

「うっ、す、すごい……し、締まる」

挿入するときに感じる、粘土の海にムリヤリに沈めるような抵抗感も、抜くときの直腸粘膜が四方八方から押し寄せてきて揉みくちゃにして引っ張りこむような感覚も、膣とはぜんぜん違う気持ちよさだ。

「うっ、亜梨栖っ、ううっ、くっ……」

腸壁はたぎるほどに熱く、ペニスが溶けるのではないかと思うほどなのに、お尻の表面がひんやりしているのが珍しかった。


「あぁっ、だめぇっ、つ、つらい、のぉっ……やめてぇっ」

亜梨栖は快感と苦痛を交互に訴えながら悶え狂った。

「いいぃっ、き、気持ち、ぃいぃっ!!……」

俊也がペニスを前後するたび、身体が千切れるのではないと思うほどの排泄欲求と、おトイレでほっとしたときの気持ちよさが亜梨栖を襲う。

「いいっ……あぁあっ、く、苦しいよぉ……お、お兄ちゃぁんっ」

膣での快感がまったくはじめての気持ちよさだったのに対し、アナルセックスはどこか懐かしい、原初的な快感だった。単純でわかりやすいだけに、強烈に亜梨栖を揺さぶった。

ズルッ、ズンッ、グチュッ、ズゴッ。

腸壁がいやらしい音をたてている。気持ちよさと気持ち悪さの振幅が大きすぎ、わけがわからなくなってくる。

「亜梨栖っ、だいじょうぶか?」

「うん。だいじょうぶだよ」

「で、でも……」

「いいのっ。お兄ちゃんっ、大好きっ!」

甘い声をあげたとき、それは突然やってきた。

甘さと苦さ、苦痛と快感、駆け下る便意の苦しさと排泄《はいせつ》の気持ちよさ、それらすべてがミックスされて、溶けるような快感へと変化した。

「あぁあっ、いいのぉっ! 気持ちいいっ」

男根が尾骨の内側を突きあげたとき、亜梨栖はやってくるだろう不快感を覚悟して唇を嚙んだ。だが、気持ちよさが大波のようにして押し寄せてきただけだ。苦痛はない。純粋な甘い気持ちよさがあるだけだ。

「あぁあぁあぁああっ、どうしてよぉっ!? どうして、こ、こんな、すごいのよぉっ!?」

縛られているせいだろうか。大好きな俊也に、お尻の穴まで愛されているという倒錯が、スパイスになるからだろうか。強烈なほどの快感に翻弄《ほんろう》される。

ペニスのピストン運動に、内側から揺すられた子宮がキュンキュンと甘い疼きを呼び覚ます。

「いぃいぃいぃいぃいっ!! すごいっ、すごいよぉっ!! あぁぁあぁあぁっ!! ああぁっ、イキそうだよぉっ!!」

身体がゆさゆさと揺さぶられ、乳房がシーツにこすれる。そんなわずかな刺激さえも、高まりきった身体は感じてしまう。

ついさっき、精液をいっぱいもらって満足しているはずなのに、いったん身体が発情してしまうと、俊也に射精してもらうしか疼きを収める方法はない。

「お、お兄ちゃんっ、お兄ちゃん。なかで出してよぉっ」

俊也は迷った。

「えっ? い、いいのか? 苦しく、な、なるかも、しれないぞ……」

直腸に射精すると、精液が染みるうえに腸が張って苦しいと、エロ雑誌で読んだことがある。

「いいのっ、ほ、欲しいの……。お兄ちゃんの精液が欲しいのっ!!」

亜梨栖は悲鳴のような声で言い、汗にまみれた身体をくねらせながら、直腸をキリキリと締めつけた。

「ああっ、もう、もう、飛びそうなのぉっ!!」

今日三度目の射精なので、もっとゆっくり楽しめると思っていたが、亜梨栖のせつないおねだりと、肛門括約筋の力を借りた強烈な締めつけで、もう我慢できそうにもない。

ストロークが、どんどん速く大きくなる。もう射精する寸前だ。

「ダメッ、イッちゃうううぅっ!!」

先にイッたのは亜梨栖だった。

お尻を突きだし顔を伏せた状態で、大きく身体をのたうたせる。ツルツルスベスベの腸壁がギュルギュルッと締まり、ペニスが動かなくなってしまう。

「うっ、で、出そう、だっ」

抜こうかどうしようかと迷っていたとき、義妹の緊張がフワッとほどけ、お尻がスッとさがった。

俊也は反射的に前にまわした手で腰を支えた。

この温かい粘膜の奥に射精してしまいたいという、本能的な欲望が、遠慮を追いやってしまったのだ。

そのとき、俊也の指先が秘芽を押し、手のひらが下腹を圧迫した。

子宮とクリトリスを同時に刺激された亜梨栖は、身体をケイレンさせはじめた。

「あぁああっ、ま、また、来るっ！……死ぬっ！」

抜けかけていた男根が、再び直腸に収まった。

ギリギリと巻きついてはほどける直腸粘膜のうごめきに、射精欲求が煽《あお》られる。

俊也は欲望を解放した。

尿道口からどぶっ、どぶっと精液が出るたびに、亜梨栖の身体がビクッ、ビクッとふるえる。

「イッちゃうぅぅぅううっ!!」

義妹がついに絶頂に達した。

今日三度目の射精なので、少しだけペニスが痛む。精液も薄くなってそうな気がする。

「うっ、ううっ」

「亜梨栖っ！」

俊也がペニスを抜くと、亜梨栖は力なく腹這いになった。

亀頭の形に開いていたお尻の穴がゆっくりと収斂《しゅうれん》していく。お尻の穴が、とぷっと白濁液を吐きだした。

いやらしく汚れた秘部とは対照的に、亜梨栖は満ち足りた表情で、すうすうと眠っていた。

☆

「お兄ちゃん。お風呂空いたよーっ」

パジャマ姿の亜梨栖がリビングに入ってきた。いかにも眠そうにあくびをしている。

「あーっ。お兄ちゃん。洗濯物畳んでくれてるんだーっ。ありがとう。ごめんね」

洗濯物を畳んでいる俊也に気づき、背中に抱きついて甘える。

湯上がりの義妹は、全身にほかほかした湯気をまとい、セッケンとフローラルシャンプーの匂いをまとっている。ほどよいやわらかさを持った乳房が背中に密着し、いい感じだ。

「ワンピースとシーツの洗濯、よろしくねーっ」

洗濯機はお風呂場の横にあるため、亜梨栖が風呂に入っているときは洗濯機を使えない。洗濯ぐらいかまわないだろうと思うのだが、恥ずかしいからイヤだと言う。

「ああ、もちろん。リボンはくちゃくちゃにならないように洗うんだよな？」

「そうだよーっ。お兄ちゃん。好きーっ」

「晩ご飯。どうする？」

「いい。食欲ない。疲れちゃった……」

——そりゃ、あれだけイキまくったら疲れるだろうよ……。

亜梨栖はいったい、何度絶頂を迎えたのだろう。

ファミレスの自慰強要や露出散歩、エレベーターの痴漢ごっこまでは平気だったみたいだが、ノーマルなセックスではイキまくりだったし、パイズリでも一回、アナルセックスでも二回はイッている。エクスタシーに達した数は十回以上にちがいない。

三度も射精した俊也は、スッキリと体が軽く、スポーツを思いきり楽しんだあとのような爽快感がある。

お風呂でさっぱりしてきた亜梨栖のほうが、眠くてたまらないという顔をしている。

「腹、だいじょうぶか？　その、尻のほう、だけど……」

「んっ、だいじょうぶだよ……お兄ちゃん。アナルセックス、すっごい気持ちがよかったよーっ。またしようねっ！」

俊也は笑いだしてしまいそうになった。あんなにいやがって、死ぬの狂うの、苦しいつらい、痛いひどいと大騒ぎをしたくせに、今はもう平然とした顔をして甘い声でねだっている。

手首を縛ってムリヤリにアナルセックスするなんて、ひどいことをしてしまったと思い、うしろめたさを感じていたのに、気持ちがパッと晴れてしまった。

「もう部屋に行って寝ろ。もうすぐ父さんが帰ってくるぞ」

「うん。そうする。ああ、もう眠いよぉ……っ」

ふらふらしながら歩いていた義妹が棚にぶつかった。

棚の上に置いてあったお菓子の箱が落ちてくる。

「やんっ。落ちちゃった。お兄ちゃん、片しといて」

なかに入っていた紙がばさっと落ちてフローリングの床に散らばるが、亜梨栖は一顧《いっこ》だにしない。眠くて眠くてそれどころではないという雰囲気だ。

——えっ？　これ!?

落ちた紙は、手紙だった。封筒の宛名は、秋川亜梨栖になっている。

亜梨栖がクラスメートからもらったラブレターだ。

「おいっ。亜梨栖！」

「お兄ちゃん。お休み……」

亜梨栖は後ろ手にドアを閉めた。

俊也は、手紙を拾いあげて箱に戻しながら、意外なものの出現に首を傾《かし》げる。

——なんでこんなところに手紙が入れてあるんだ？

——亜梨栖のやつ、手紙をもらって困ってるって言ってたのに。あれはポーズだけで、本音はまんざらでもない、ってコトなのかな？　あいつの性格だったら、ラブレターなんてうれしがってはしゃぎまくるハズだよな。

床に落ちた手紙の多さは、亜梨栖の、学園のアイドルとしての評価の高さを示していた。

200X年5月21日

体重、キープ。

リバウnド、しないみたい。

体重、同じ。。。。

普通に、食べれる。

ご飯、ぉいしぃ。

ぁたしゎ、お母さnに、似てきた。

ぅれしぃ。

Syunゎ、やさしぃ。

すごぉぃ、やさしく、してくれる。

だぃすきだょって、言ってくれる。

Syunは、すごぃ。

ぁたしが、太ってても、痩せてても、態度がぃっしょ。

痩せたら、手の平ぉ、かえしてきた人、ぃっぱぃぃるのに。

Syunは、ほnとうに、すごぃ。

Last updated 200X.5.21 20:45:15
ｺﾒﾝﾄ(0) | ﾄﾗｯｸﾊﾞｯｸ(0) | ｺﾒﾝﾄを書く

5月27日 亜梨栖はずっとあなたのもの

俊也は屋上から校庭を見おろしていた。

今日は五月《さつき》晴れで空が高く、どこまでも青く澄んでいる。そろそろ梅雨《つゆ》入りしてもおかしくない時期なのだが、天気がよく、ほわほわと温かい。

校舎の入口から校門の向こうまで、セーラー服と詰め襟の人波ができている。

土曜日の昼下がり、業者テストから解放された生徒たちは、倦《う》み疲れたような、どこかけだるげな空気を漂わせている。

「お兄ちゃーんっ。待ったぁ?」

亜梨栖が屋上の重いドアを開けて走りこんできた。つやつやの黒髪が、お日様の下で輝いている。

「テスト、どうだった?」

「バッチリ！　私、成績いいんだよ」

　亜梨栖は俊也の腕を取ると、頬をすりつけながら甘えてきた。そして、機関銃みたいに話しだす。

「ねえねえ。今日はお兄ちゃんの誕生日だから、早く帰ろう？　プレゼント、家に置いてあるんだよ。ゲームソフトだよー。今日はお父さんもお母さんも留守だしさ。土曜日に二人きりなんて最高だよね。今日はどんなプレイする？」

　義妹は、俊也を見あげながら、今日はどこへ遊びにいく？　というような口調で聞いた。

「あ、それだけど、実はコレ、買ったんだ。プレイんときに使おうって思って」

　俊也は、提《さ》げていた紙袋を亜梨栖に渡した。

　紙袋を興味津々覗きこんだ義妹は、なかに入っているものを取りだして首をかしげた。

「なにコレ、苺《いちご》？　ぷにぷにしてるね。こっちの白いのはなに？　ボタンがついてるね」

「ああ、それ、スイッチなんだ。入れてみて」

「うん。……きゃっ。わ、わわわっ、苺、ビリビリッて！」

「アダルトグッズだよ」

「あ、そうかぁ。これ、ローターなんだぁ……かわいい形だね。お兄ちゃんの漫画では、楕円《だえん》のピンクだったのに。コードレスタイプっていうか、リモコン式になってるんだ。こんなのどこで売ってるの？」

亜梨栖はリモコンを俊也に渡すと、目を丸くして苺をいじった。好奇心いっぱいの様子は無邪気そのものだ。

「ネット通販」

「ふうん……なんかドキドキしてきた……あれっ。このちっさい袋って……うわー。すごい。リボンとクリップまで入ってる！　お兄ちゃん。用意いいね。早く帰ろうよっ。なんかドキドキするぅ〜っ」

淫靡《いんび》な想像に耽《ふけ》っているのか、義妹の目尻がほんのり赤く染まっている。

「家じゃなくて、ここでしないか？」

「えっ？」

顔色がスウッと青くなり、表情がこわばった。

「前んときみたいに、リボンとクリップをつけて、苺を入れたままで階段を降りて、中庭でやるんだ」

「いやよ。学校じゃいや。約束したじゃない？　学校ではしないって」

「でもほら、前にも屋上でやったし、リボンとクリップの散歩も楽しそうだったじゃないか?」

「ウワサになりたくないの。目立ちたくないんだ。イヤなものはイヤ」

「もうみんな学校にいないよ。それに、誰かいてもいいじゃないか。僕は、亜梨栖をみんなに自慢したいんだ」

「学校はイヤだって言ってるでしょっ!!」

義妹は、苺が入った紙袋を、フェンスの向こうへと投げ捨てた。屋上に残ったものは、俊也が持っている白いリモコンだけだ。

「えっ、お、おい、亜梨栖っ」

義妹は、ギリッと俊也をにらみつけ、肩を喘がせながらはあはあしている。瞳に涙が盛りあがり、頬を伝って落ちていく。

亜梨栖が本気で怒っているのは俊也にもわかる。

「お兄ちゃんって、私の気持ち、なんにもわかってないんだっ。お兄ちゃんなんか大嫌いっ!!」

亜梨栖は、身体をひるがえした。

「おい、亜梨栖っ!」

追おうとした俊也の鼻先で、屋上のドアが閉まった。

☆

俊也は自転車にまたがったまま、ケータイをいじっていた。何度電話しても亜梨栖は出ない。メールにも返事はない。

俊也は、はじめ家に帰ってみた。義妹がふくれっ面で家に籠《こ》もっていると考えたのだ。次にはファミレスに行き、ショッピングモールにも出かけた。だが、亜梨栖は見つからない。

亜梨栖があんなにも激昂《げっこう》するとは思わなかった。学校ではしないと約束したが、いざプレイをはじめてしまえば、夢中になると思っていた。

いやがっていても、ムリヤリにはじめてしまうとよがるのは義妹のクセだったし、アダルトグッズを手にしながら浮かべたうっとりした表情からは、早くしたくてたまらないというような雰囲気を感じた。

——どこに行ったんだ？　亜梨栖？　そ、そうだ。義母さんに電話……だめだっ。由梨子の職場は病院だ。仕事中の母がケータイを持ち歩いているわけがない。

——そうだ。亜梨栖、義母さんに逢《あ》いにいっているかも。

——呼びだしてもらう……ムリだよ。仕事中なんだぞ。義母さんはっ。

「ええいっ、くそっ」

ぐずぐず悩んでいるより、直接行ったほうが早い。

俊也はケータイをカバンに収め、前カゴに入れると、自転車を全速力で漕《こ》ぎだした。

☆

俊也は病院に入ったばかりのところで足をとめた。

「あら、俊也くん」

受付でごったがえす人たちのなかから、名前を呼ぶ声が響いてきた。

大きな病院で、清潔で機能的だが、病院はどこか薬くさく、陰気な雰囲気に満ちている。

――さっきの声、義母さんみたいだったけど……。

きょろきょろと顔をめぐらせると、受付の反対側、植木鉢の木々が囲む休憩コーナーで、白衣のままの義母が腰を浮かし、俊也に向かって手を振っているところが見てとれた。

「ここよ。俊也くん」

「義母さん。よかった……」

「どうしたの？　俊也くんが病院に来たのはじめてね。なにかあったの？」

白衣の義母は、似たような年格好の女性と楽しそうに話しこんでいた。自動販売機の紙コップ入りコーヒーが、二人の前に置かれている。

訪ねてきた女医仲間と、休憩時間におしゃべりを楽しんでいる、そんなふうに見えたのは、私服の来客から、母と同じ匂いを感じ取ったせいかもしれない。

俊也は目を伏せてコーヒーを呑む中年女性に軽く頭をさげてから、義母にそっとささやいた。

「その、亜梨栖が……」

「ケンカでもしたの？」

「ケンカっていうか、僕が亜梨栖を怒らせてしまって……家にも帰ってないし、どこに行ったのかもわからないし……」

「放っておきなさい。そのうち、戻ってくるわよ」

「で、でも」

「そんなおろおろしなくてもいいわ。あの子はだいじょうぶよ」

「僕、亜梨栖に、お兄ちゃんなんか嫌いって言われた……」

「あはは。心配しなくてもいいわ。あの子は俊也くんが好きよ」

「そ、そうかな」

「亜梨栖は私に似てるの。体質も、好みもね。私は英治《えいじ》さんを愛してるから、あの子も俊也くんが好きなはずよ。だって俊也くんって、お父さんにそっくりだもんね」

由梨子は俊也の父親の名前を呼び、幸せそうに笑った。

「もう、由梨子ったらごちそうさまっ。ラブラブねぇ」

由梨子の前の席に座る女医風の女性がちゃちゃを入れた。

——あれ、この声……。

「当たり前よ。新婚だもの」

「そうよね。まさか由梨子が再婚するなんて思わなかった」

「あの、すみません。加賀美先生、ですよね？」

「そうよ。今わかったの？」

来客は、ちゃめっけたっぷりの仕草で片目をつぶった。

やっぱりそうだ。保健室の先生だ。高校の養護教諭の加賀美先生。亜梨栖が過度なダイエットで倒れたとき、必要なのは自信だとアドバイスをしてくれた。

俊也は、意外な人物の出現に驚くばかりだ。

「白衣じゃないからわかりませんでした。メガネもなかったし」

「休みの日はコンタクトなのよ」

「加賀美さんは結婚式のときも参列してくれたわよ。俊也くんってばぜんぜん覚えてないんだから」

「君のお母さんとは、大学のときの友達なのよ」

「ああ、そうだったんですか……」

義母がダイエット料理に熱をあげはじめたのは、亜梨栖が保健室のお世話になったすぐあとだ。保健室の先生が義母に連絡してくれたのだとしたら納得できる。

「亜梨栖ちゃんが怒った理由は?」

「えっと、その……」

保健の先生に聞かれた俊也は、困り果てて言葉を濁した。

学校でプレイしようと誘ったから、なんてとても言えない。顔を赤くしていたら、義母が助け舟を出してくれた。

「どうせ、体型でしょ? あの子のウィークポイントなのよねぇ。高校になってからは、ちゃんと授業に出ているみたいだけど」

「そうよ。亜梨栖ちゃん。保健室に来たのは一回だけよ。中学の申し送りを見て、この子は手がかかりそうだなって覚悟してたんだけどね」

「亜梨栖、中学のとき、どうかしたんですか? まさか登校拒否とか」

「保健室登校をしていたの。一カ月ぐらいだから、そんなに長くないけどね」

「い、いじめられてた、んですか?……そんな」

意外すぎる話に混乱する。横着で要領がよく、根に持たず陽気。それが俊也の、義妹の印象だったのだ。

だが、亜梨栖は、たしかにそれらしいことを言っていた。

——私っていじめられっこタイプなんだよねー。

——モテてないよ。からかわれているだけだって。約束の場所に行ったら、秋川のやつ、いい気になってやってきたってみんなして笑うんだよ。

亜梨栖が学校では借りてきた猫のように大人しく、遠慮がちに振る舞っていたのは、いじめられた体験のなせるわざだったのだろうか。

「中学の先生からの申し送り状には、いじめじゃなくて、からかいって書いてあったわ」

「まあ、あの子は、片親で運動オンチで、太ってたでしょ。いじめやすい存在だったのかもしれないわね」

——学校ではやめてね。私、ウワサになりたくない。目立ちたくないの。

「ぼ、僕、亜梨栖に謝らないと……あいつ、すげえ怒ってた」

「あの子はね。本音では君に感謝してると思うわよ。私もそうだったの。中学のときぶくぶくで、高校になって好きな男の子ができたら、ウソみたいに痩せたのよね。だから、私、亜梨栖の体型、気にしてなかったの。時期が来れば痩せるからって」

「それは由梨子の失敗よね」

「そうね。私もそう思うわ。もっと早く気づいてあげれたらよかった。あの子はちゃんと学校に行ってたし、成績も落ちてなかったから、保健室登校してたなんて知らなかったの」

「私が由梨子に連絡して、はじめて知ったのよね」

「びっくりしたわよぅ。中学から高校へ申し送り状を書くぐらいだったら、私に連絡してほしかったわ」

「担任を飛び越えて保護者に連絡しちゃいけないっていうような、ローカルルールがあったんじゃないかな。養護教諭同士だと、まだ話がしやすいんだけどね。保健室登校を出席にカウントする学校だったみたいね。悪いのは担任の先生だと思うわよ」

「ああ、ウチもあるわ。医局が違うと同じ病院内でも申し送りができないの」

女医と校医は、昨今の学校教育と医局制度のひずみについて話をしはじめた。

立ち去るきっかけがつかめずじりじりしていたとき、ふいにケータイが振動した。

亜梨栖からのメールが到着していた。

【ぉ兄ちゃん　さっきゎ↓ごめん】

【今、どこだ？】

すぐにメールがかえってきた。

【あたしゎ　ぃま　学校の↓中庭に　ぃます】

【すぐ、行く】

「どうしたの?」

「学校の中庭にいるって」

「そう。よかったわ。ねっ? 心配することなかったでしょ?」

――心配……そうだ。僕は心配だったんだ。

「義母さん。どうして僕なんだろう? 亜梨栖は、どうして僕を好きになってくれたんだろう?」

「そんな心配しなくても。俊也くんはステキよ。自信を持ってほしいわ」

「あら、君も自信がないのかしら?」

保健室の先生が言った。

「そうかも……そうだと思います。亜梨栖、プロポーションがよくなって綺麗になって……ラブレターなんかいっぱいで……あいつ学園のマドンナって言われているんですよ。なのに、僕でいいのかって心配で……その、僕じゃ、釣り合ってない、っていうか」

俊也が亜梨栖を調教しはじめたのは、亜梨栖の人気が高いことを、男どもの雑談で聞いて知ってからだ。

自分では気づかなかったが、亜梨栖が誰かに取られそうで不安になり、過激なプレイに走ってしまった。

「クッキー缶の手紙、見たのね?」

義母が聞いた。

俊也は無言でうなずいた。

「あれはね、亜梨栖がゴミバコに捨てたのを、私が集めて保存しておいたのよね。だって、もったいないじゃない? あの子はまだ混乱してるけど、痩せてることに慣れたら、ラブレターのコレクションをはじめるわよ。あの子、ノリがいいんだから」

「秋川くん。自信がないなら、つければいいのよ」

保健室の先生が静かな口調で言った。

「ど、どうやって……」

「勉強でもいい、スポーツでもいい。やさしくなることでもいい。君にできる努力をしてみることね」

先生の言うとおりだ。俊也は亜梨栖にとって「かっこよくてやさしい、頼れるお兄ちゃん」なのだから。

「俊也くん。君は英語の成績がいいんだから、TOEIC受けてみたらどうかな? 子供の頃の外国暮らしは強いはずよ」

義母が言った。養護教諭も口を添える。

「それはいいわね。一度受けてみなさい」

俊也は、旧交を温める二人の医療関係者に向かって、深々とおじぎをした。

「ありがとうございました」

「じゃあね」

「亜梨栖ちゃんと仲良くね」

☆

亜梨栖は学校の中庭で、噴水の縁に肘をつき、水しぶきをぼんやり見ていた。

「亜梨栖」

「あ、お兄ちゃぁん……」

義妹は、俊也を見ると、フイッと視線を逸《そ》らした。まだ気持ちが収まっていないのか、今までのように抱きついてきたりしない。怒っているようでもないのだが、ぼんやりと噴水を見ている。

足もとに、亜梨栖が屋上から投げ捨てた紙袋が置いてある。

誰かに見つかったところで、リモコンがない以上、苺を模《も》したちゃちなオブジェでしかないから、紙袋よりも亜梨栖を探すほうを優先させたのだが、亜梨栖がちゃんと拾ってくれた。

「さっきはごめんな」

「あのね。さっき、ムカツキながら歩いてたらね。中学のときのクラスメートとすれ違ったの」

「うん?」

「その人ね、私に気づかなかったの」

「うん」

「私を……って、笑った子なの」

亜梨栖は、ブスデブと、声に出さずにつぶやいた。

「その程度のことだったんだね……」

それは義妹にとって、教室に入れなくなるほどショックなひと言だった。だが、それを言った当人は、亜梨栖のことを覚えていなかった。

保健室の先生と義母の話を聞いたあとだったから、亜梨栖の複雑な気持ちがなんとなく想像できた。

「おまえが綺麗になったからだよ」

俊也は、亜梨栖の頭をくしゃくしゃと撫でた。

「きゃっ。やだぁっ。お兄ちゃんのバカッ。髪が乱れちゃうっ!」

妹はきゃあきゃあと声をあげたが、どこか声に張りがない。

「亜梨栖は学園のマドンナだって、男どもがウワサしてたぜ。やさしくてかわいくて性格がいいって。僕の自慢の妹なんだから、もっと元気を出せよ」

亜梨栖は声をつまらせると、俊也に抱きついてきた。

そして、わあわあと声をあげて泣きじゃくる。

俊介は、亜梨栖が泣きやむまでじっと待った。

鼻孔を刺激する甘い体臭と、胸板に押しつけられてくる乳房の、ぽよぽよとした感触が気持ちいい。

「ごめんね。お兄ちゃん。ありがとう」

「家、帰るか？　自転車、乗せてってやる」

「ううん。帰らない。学校でしたい」

「えっ。ムリするな」

「だいじょうぶだよ。もうみんな帰ってるし。それに、私を自慢したいから、誰かいてもいいんでしょ？」

俊也は、亜梨栖の真意を計りかねた。義妹がそっと抱擁《ほうよう》をほどき、俊也を見あげて言う。

「あれね、たしかにショックはショックだったけど、あー、さっぱりしたーって気分なの。私、今じゃ教室はもちろん、屋上だってどーどーと入れて、エッチなことだってできちゃうもん……あ、ごめん。こっちのことだよ。ってか、お兄ちゃんのおかげだよ。だからね」

義妹は、おずおずとセーラー服をめくりあげた。形よくくびれたウエストと鳩尾《みぞおち》が現われて、次には蝶《ちょう》結びにしたリボンが乳房のふくらみの下で揺れている様子がちらりと見えた。

「亜梨栖……」

乳房にリボンを結んであるんだとはっきりわかった。巨乳だからこそできる、おっぱいの根をリボンで縛る緊縛プレイ。

「えへへ。プレゼント包装だよー。お兄ちゃんの誕生日は私をあげるって約束だったしね。こっちはもっとすごいから」

義妹ははにかんで笑いながら、そっとスカートをたくしあげた。

ぷるぷるとやわらかい肉を丸くまとった太腿が、ぬめっと白い光沢を見せている。スカートはどんどんめくれあがり、下肢の付け根が現われた。

亜梨栖はノーパンだった。

薄いヘアをあわあわと茂らせた恥丘と、ピッタリ閉じたぷくぷくの大陰唇、それに、スリットからはみでた桜色のラビアと、ラビアから垂れさがっているクリップが見える。

ラビアがクリップに引き伸ばされている様子は痛々しかった。

女性が耳たぶをイヤリングで飾るようなものだと知っていても、事務用品のクリップが秘部を飾っているビジュアルのアヤシサに、ドキンとしてしまう。

「あ、そのね……苺をね、その……」

亜梨栖の顔が真っ赤になってきた。身体が小刻みにふるえだす。ムワッと甘い匂いが漂う。酸っぱいような甘いような、ミルク系の匂い。亜梨栖が発情したときに立てる体臭だ。

俊介は、詰め襟のポケットに手を入れ、リモコンのスイッチを押した。

「あっ、んっ……くっ、くっ」

義妹の身体が電撃に撃たれたみたいにビクビクッとふるえる。俊也はほんの一瞬でスイッチを切ったが、感じやすい亜梨栖にはたまらない刺激だったようで、はぁはぁと息をあえがせている。

クリップが重なり合う部分から、透明な愛液がトロトロとこぼれた。

「すごいよ。お兄ちゃん。キいたよ……やっぱ、ローターはすごいや……」

亜梨栖は、膣奥にローターを挿入して、俊也を待っていたのだ。

「細工、していいか?」

「いいけど……」

俊也は、下を向いているクリップの輪に、紙袋から出したリボンを通した。輪を通したところでリボンを結び、先端を持つ。スカートのすそが、まっすぐ伸びたリボンのせいで、めくれあがっている。

「お兄ちゃん。待って」

亜梨栖は、ウエストを起点にしてヒダスカートをくるっとまわし、ホックとファスナーを前に来るようにした。

ファスナーを少しだけずらし、そこからリボンを出す。

俊也がクイクイとリボンを引くと、亜梨栖がひっひっと喉で鳴き、リボンのほうへとフラフラと歩きだした。まるで犬か奴隷のようで、興奮が煽《あお》られる。

「ふふっ、なんか、赤い糸みたいだねーっ」

亜梨栖はロマンチックなことを言った。

「手は結ばないの?」

「痛くなったり、イヤになったりしたら取ればいいよ。だからそのままにしておくよ」

☆

亜梨栖は、義兄と手をつなぎながら、階段を歩いていた。

——あと少し、もう少しだから……。もうちょっとで屋上だから……。

上を見ると、屋上のドアの隙間から差しこむ、ひと筋の光が見える。さながら金色の帯のようなそれは、このつらい歩みのゴールが近いことを示していた。

「はぁはぁ……んっ……んんんっ……くぅ」

自分があえぐ声が聞こえる。

落としそうで怖かった苺型のローターは子宮口にぴったりと貼りついて、Kスポットを苛《さいな》んでいる。歩く動作でどんどん奥に入るのも困ってしまったが、俊也が、きまぐれにスイッチを入れたり切ったりするから、気を抜くヒマがない。

「んっ……だめっ……ふぅふぅ……く、くぅ……お、お兄ちゃぁんっ」

歩みが遅くなると、俊也がリボンをクイクイと引く。俊也は、ローターのスイッチを弱で入れたまま、切ってくれる気配がない。

絶え間なく振動を受けつづけている子宮は痺れきっているというのに、クリップが揺れるたびに新たな刺激が子宮に伝わる。

「んっ……はぁ……だ、だめ……お、お兄ちゃん……も、もっと、ゆっくり……」

ゆるく結んだつもりだが、汗を吸って縮みはじめたリボンが乳房を締めつけて、内側の芯がキュンキュン鳴った。

乳房の疼きが下腹に連動し、子宮全体が激しく疼く。まるで、見えない手が子宮をきゅっきゅっと握っているようだ。

膣奥のローター、ラビアのクリップ。乳房の根を縛るリボン……細工のすべてが、亜梨栖の子宮を疼かせる。

足を踏みだしたとき、快感がふいに極まり、亜梨栖の脳髄を揺さぶった。

「あうっ、イクッ!!」

重力がおかしくなり、立っているのか、逆立ちしているのかもわからなくなる。

踊り場で、膝から崩れそうになった亜梨栖を、俊也が支えた。

「だいじょうぶか?」

「だ、だいじょうぶ……歩けるよ。お、お兄ちゃん……」

もう何度、イッてしまったのかわからない。失神するほどの強烈な絶頂には至らなかったものの、階段を一歩あがるたび、甘く溶ける陶酔に、身体がフワッと浮かびあがる。

一階と二階はまばらに生徒がいたものの、三階からは誰の姿も見えなくなった。森閑として誰もいない階段は、二人きりの空間という感じがして居心地がいい。

気づかれるのではないかという不安と恐怖が払拭《ふっしょく》されたせいか、よけいにイキやすくなってしまっているようだった。

「はぁ……はぁ……うっ、んんっ……はぁ……」

発情しきった子宮と乳房のせいで、身体全体は汗みずくになり、セーラー服が気持ち悪く濡れる。

次から次へと溢れる子宮頸管粘液《しきゅうけいかんねんえき》とバルトリン腺液、吹きだす汗でラビアの内側はどろどろだ。小水だって漏らしているかもしれない。

「あっ……ん、んんっ……くっ」

波のように打ち寄せてきた快感に、足をとめて身体をブルブルとふるわせていると、横を歩く俊也が、リボンをクイクイと引いた。それでも動かないと見て取って、ほんの一瞬スイッチを強に入れてすぐに切った。

「あぅぅうっ……くっ、だめぇっ、お兄ちゃぁんっ」

ラビアは痺れて感覚がなくなっている。俊也はスイッチを弱に戻し、再びリボンを少し引いた。

苦痛はないのだが、ラビアがもげそうになってしまい、身体の中身が引っ張りだされそうな気分になる。

——お兄ちゃん。カッコイイな……。

亜梨栖は、憧れの視線で、手をつないで歩いている俊也を見あげた。

彼女を芯から変えてくれた大好きな兄。痩せている自分も、太っている自分も、両方好きだと言ってくれた。亜梨栖を丸ごと受けとめてくれる最高の存在。

──私、お兄ちゃんと知り合うために、生まれてきたのかな。

屋上へと通じる階段は、まるでバージンロードみたいで晴れがましくて、照れくさくて、笑いだしてしまいそうになる。

誰もいないことが、頼りなくさえ思えてしまう。

──ねえ。見てよ。私、お兄ちゃんに、ステキなこと、してもらっているんだよ。私のおっぱいも、私のアソコも、全部、お兄ちゃんのものなんだよ。

俊也の横にいることが、誇らしくてうれしい。

「もう少しだから、がんばろうな」

「うん」

亜梨栖は、甘い笑みを浮かべると、俊也の手をきゅっと握った。

ようやくのことで最上段に行き着くと、兄が屋上の重いドアを開けてくれた。

屋上は、春の陽光が降り注ぎ、周囲の景色がキラキラしている。薄暗いところから、明るいところに出たせいか、よけいに鮮やかに感じてしまう。

ドアの向こうへ足を踏みだしたとき、あまりのまぶしさにクラッと来て転びそうになった。

「危ないっ」

俊也が亜梨栖を支えてくれたが、その瞬間、強い振動が彼女を襲った。

子宮口にピッタリと貼りついて、ごく弱く振動しながら子宮を揺さぶりつづけていたローターが、いきなり強振動を起こしたのだ。

「な、なに、なにこれ、なにこれぇええぇっ!!」

亜梨栖は俊也にすがったまま、ガクンガクンッとふるえはじめた。

目の裏がカッと白く発光し、なにも見えなくなった。グウーッと意識が空に向かって飛ばされる。

「ぁあああぁああぁあっ！　イクーッ!!」

その場にガクッと膝を折る。

「ごめんっ、わざとじゃないんだ……っ」

俊也が、ポケットのなかのコントローラーのスイッチを、不可抗力で押してしまったらしかった。

おろおろしながら、俊也がスイッチを切ってくれたが、まだ振動がつづいている感じがして、子宮がビリビリ震えている。

「はぁ……はぁ……」

亜梨栖は義兄の両脚を抱き、股間に頬をつけた。

「お兄ちゃん……もう、ダメ……なんとかして……」

俊也は、股間に頬ずりしてくる義妹の頭をナデナデしながら、フェンスの外を見おろしていた。

校舎の出口から校門、通学路へとつづくラインには、もう生徒の姿はない。

体育会系の生徒たちが、かけ声をかけながら、校庭を走る様子が見える。

土曜日の昼下がり、業者テストから解放された学生たちはほとんどが帰宅し、部活の終わる時間にはまだ間があるという、エアポケットのような時間だ。

「ん……お兄ちゃん……欲しいの。ちょうだい」

俊也の膝をぽよぽよしたカタマリが押す。興奮した亜梨栖が、発情した乳房をこすりつけて楽しんでいるのだ。

「欲しいの、お兄ちゃん……ね？　チ×ポ、出していい？」

「いいよ」

亜梨栖はズボンのジッパーをおろし、ペニスを取りだした。男根はぱんぱんに勃起して、やや右に曲がりながらそそり立っている。

——このぶんだと昼食抜きになりそうだな……。

「んっ、んっ……はむっ……おいし……はふっ、チ×ポ、好きぃ……」

じゅっぷりと熱い舌が、亀頭をチロチロと舐めしゃぶる。

中庭から屋上まで、普通に歩けば十分もかからないはずだが、細工した身体で階段をあがるのはことのほかつらいようで、彼女が階段をあがりきるまでびっくりするほどの時間がかかった。

まるで、スイッチを押して、リボンをもっと引っ張って私をいじめて、とおねだりするように、熱い視線で見あげてくる亜梨栖がかわいくて、ついつい何度もスイッチを押してしまった。

長くて濃密な前戯に、何度もイッてしまった亜梨栖は、口のまわりをよだれで光らせながら、一生懸命に男根を舐めしゃぶっている。

うれしくてたまらないという表情だ。

「ちゅぱっ、ちろちろっ……んっ……ちゅぷっ、ちゅるちゅる……おいしい……ほ、欲しいの……精液、ちょうだい……お兄ちゃん……」

「エッチだなぁ。亜梨栖は……」

「うん。私、エッチなの。お兄ちゃんだから……エッチになれるの……」

亜梨栖はペニスに頬を寄せ、愛しそうに頬ずりをする。

唾液に濡れた肉茎が顔を叩き、綺麗な顔が先走り液と自らの唾液で汚れるが、それさえも気持ちがいいらしい。

「どんな気分だ？」

「んとね、子宮と、おっぱいがね、キュンキュン……するの」

「どっちに欲しい？　口か、子宮か、尻か？　おっぱいか？」

「前に……子宮に……うぅん。お口も、お尻も、おっぱいも、全部、欲しい……お兄ちゃんの、精液が、いっぱい欲しい……」

「欲深いなぁ、亜梨栖は。どこがいちばん欲しいんだ？」

「はぁはぁ……し、子宮、かな……熱くて、疼いて……し、死にそうだよぉ……」

亜梨栖は、スカートの上から下腹を押さえ、腹痛を我慢しているように顔をしかめた。

「さっきの、強でしょ？　あれ、きつかったよ。今もね、子宮がね、キュンキュンしてるよ……こうしてるだけで、わかるもん。心臓みたいにドクンドクンって……」

亜梨栖の膣のなかには、まだローターが入っている。振動は切っているが、コントローラーは俊也が持っている。スイッチを入れるも入れないも、俊也の自由だ。

このかわいい義妹を、自分のものにしたのだという、征服感を覚えてしまう。

「わかった。じゃあ、まずは子宮だな」

「は、はい」

亜梨栖はぎくしゃくと立ちあがった。

「そうだ。先にリボンをほどいてあげるよ。痛いだろ？」

「う、うん。そうだね。お願い……乳房もね、キュンキュンして、苦しかったんだよ」

セーラー服をめくりあげると、甘い汗の匂いとともに、ロケットみたいな乳房がいきなり現われた。

乳房の周囲を赤いリボンにくびられているせいで、よりいっそう大きく見える。

真っ白な胸乳に、乳首とリボンの赤が鮮やかに映えている。

蝶々結《ちょうちょ》びの先を持ち、そっとリボンをほどく。

「リボン、すげぇ食いこんでる。痛いんじゃないか？　亜梨栖のおっぱいって、興奮すると大きくなるんだよな」

「そうなの？　私、汗でリボンが縮むんだって思ってた」

「ほら、こんなに大きくなっている」

俊也は、緊縛痕をあざやかに残す乳房を、手のひら全体を使ってこねくった。

「……あっ、あぁあっ、あっ」

乳房を揉むわずかな刺激さえも、高まりきった身体にはたまらなかったようで、学園のマドンナは背中を反らして乳房を突きだし、ガクガクとふるえだす。

「おっと」

今にもへたりこみそうなかわいい恋人の背中を支え、もう片方のリボンも取り去る。

「クリップを取ってあげるから、スカートをめくりあげてくれないか？」

義妹は恥ずかしくてならないとばかりに、おずおずとスカートをめくりあげた。

酸っぱみのあるミルク臭が濃厚に立ちのぼる。愛液の匂いは、どうしてこうも乳臭いのだろう。

薄くヘアを萌《も》えさせたプックリした恥丘と、子供じみたぷくぷくの秘唇、スリットからデロンと伸びたラビアと無機質なクリップ、勃起しきって赤い剝き身を見せているクリトリス、赤いリボン、濡れて光る内腿……。そして、ここからでは見えないが、膣のなかには、苺の形をしたローターが入っている。

俊也は、クリップから伸びている赤いリボンを持つと、力をこめてビッと引っ張った。

「――――っ!!」

ラビアが引き伸ばされ、パチンと音をたててクリップが取れる。

「あぁあぁっ、痛いっ……ど、どうしようっ、気持ちいいよぉっ!!」

過激なプレイに、義妹の身体がギクシャクと上下に跳ねた。背中が反り、乳房がぷるるんと揺れる。

ジャッと音をたてて水滴がコンクリート地面を叩いた。

「あぁあぁあっ、熱いっ、イクイクッ、イクーッ！」

妖精のようにかわいい学園のマドンナは、俊也が科したハードプレイで絶頂を迎えた。まるでセックスの最中のように腰をガクガクと突きだすと、水を跳ねる人魚のように伸びあがった。

「おっと」

崩れ落ちそうになった義妹を抱きしめ、尿に濡れてないところまで引っ張っていく。ローターがポロンと落ちた。

まだ陶酔から覚めないらしい義妹が、横座りになったまま、甘い声で怨《えん》じてきた。

「お兄ちゃん。さっきの、痛かったよ……」

「ごめん」

「ん……気持ち、よかったから、いい……」

俊也は、プレイで大事なものは緩急なのだと、亜梨栖の身体で学んでいた。メリハリをつけて、やさしい行為と強い刺激を繰りかえすと、この恐ろしく感度のいい少女はおもしろいぐらいにイキまくる。

「イクの、二回目だな」

「違うよ。階段で十回目ぐらいイッてるの。だから、十二回目かな」

「今日は何回イクかな？」

「私、お兄ちゃんだったら、百回でもイケるよ……でもでもっ、お兄ちゃんだけだからねっ！　私になにをしてもいいのは、お兄ちゃんだけだよっ！」

——ああ、たまんねぇ。なんてかわいいんだ……。

——僕も、こいつに釣り合う存在にならなきゃいけない。

先生と義母が勧めるように、ＴＯＥＩＣを受けてみようか。

まずは、得意ジャンルを伸ばすことからはじめよう。やさしくなること。強くなること。自分ができることをがんばること。

俊也は、亜梨栖にとって、『頼りがいのあるかっこいいお兄ちゃん』なのだから。

横座りになっている亜梨栖の顔が酔ったようにとろけ、腰をもじもじしはじめた。

「んっ……あっ、ちょ、ちょっと……はぁはぁ……熱い……あぁあぁあっ、熱いぃぃいいい!!」

一気に血流が戻った乳房とラビアが、じゅくじゅくと脈動しはじめたらしい。

手をせつなそうに上下している。おっぱいを揉みたくてならないが、はしたないので我慢しているという感じだ。赤く尖《とが》った乳首が、ピンク色の乳輪の上で、物欲しそうに揺れている。

俊也は亜梨栖の横に膝をつくと、蜜に濡れたローターを振動させ、乳首に押し当てた。

「んっ、お、お兄ちゃん……だめぇ……」

小さな顎がくっとあがり、ローターの振動を受けた乳首がビリビリと揺れる。

「んんんっ!!　ああぁあっ、き、気持ちぃいぃっ!!　あぅっ……く、くぅっ!!」

亜梨栖は上半身を伸びあがらせると、その場にあお向けになってしまった。十三回目の絶頂を迎えたらしい。

「おいおい。こんなんじゃ、ほんとに百回イッてしまうぞ」

「お、お兄ちゃん。ローターじゃ、いや……。も、もう、焦らさないでよぉっ……欲しいよ……チ×ポ、欲しいの……しくしく……ぐすっ……」

亜梨栖は麻薬患者さながら、泣きじゃくりはじめた。目の色が変わっている。

学校の屋上のアスファルト地面に、あお向けになったまま、自分の手で乳房をゆさゆさと揉み、乳房を持ちあげて乳首を舐めまわしはじめた。

しかも、膝を立てて開き、お尻を浮かすと、お願い早く奥まで入れて、とばかりに腰を揺らす。

太腿の内側は溢れた蜜でどろどろだ。クリップにいじめられ、でろんと赤く伸びたローターが、子供じみたぷくぷくの秘部に淫猥《いんわい》さを加えている。

「欲しいよ……お兄ちゃん……大好き、お兄ちゃん……」

ペニスをねだって泣きじゃくる亜梨栖はひどくエッチで、そしてかわいかった。

制服をきちんと着て、乳房と秘部を丸出しにしているところが、学園のマドンナとしての彼女と二重写しになる。

見とれていると、義妹はゴクンと喉を鳴らした。そして、下肢をさらに開いた。

「ね？　お兄ちゃん。私のアソコ、見て？」

あろうことか片手を伸ばすと、指先でラビアごと大陰唇を開いてみせたのである。中指を膣口に入れて、クニュクニュとかき混ぜる。

白っぽい蜜がアワ立ちながら落ちていく。

「ほら、クリがね。こんなにおっきくなってるでしょ？　子宮、キュンキュンしてるの……。ラビアもね。じゅくじゅくで苦しいんだよ。……こ、これ以上、我慢したら、私、死んじゃうっ!!」

亜梨栖の興奮状態は、今がピークらしかった。

発情しきってアワ立ちながら蜜をこぼす膣口と、勃起しきったクリトリスが、ヒクヒクしている様子が見える。

「お願い……早く、して……し、してくれないなら、殴っちゃうからねッ！」

俊也は、肉竿を自分でこすって状態を整えると、亜梨栖に覆いかぶさった。肉茎を持ち熱くぬかるんだ膣ヒダを探ると、亜梨栖が腰を揺すって位置を合わせてきた。

「あっ、あぁあっ、う、うれしいぃっ」

腰を少し進めると、熱くやわらかい肉ヒダに男根が沈みこんでいく。亜梨栖の膣ヒダは、ネットリといい味になっていた。

じゅっぷりと濡れた膣ヒダが男根に吸いつきながら、奥へ奥へと引っ張りこむように蠕動《ぜんどう》する。

「気持ちいいよぉっ、お兄ちゃんっ……もう、もう、イキそうだよぉっ」

やがて侵入がとまり、亀頭が子宮頸管《しきゅうけいかん》を突きあげた。

はじめてセックスしたときの、どこか硬く、キシキシした感じはぜんぜんない。フンワリと包みこんでくる肉ヒダは、きゅうきゅうとよく締まるくせにやわらかく、肉茎に絡みついてくる感触がたまらない。膣壁いちめんに生えているツブツブの感触が、吸盤をいっぱいに生やしたイカとかタコの足を連想させた。

「タコみたいだな……」

「やだ……そ、そんなの……キモチワルイ」

「亜梨栖のマ×コ、気持ちがいいよって言いたかったんだ」

亜梨栖は甘い笑顔を浮かべた。

自分の身体で大好きな兄が気持ちよくなっているというのは、亜梨栖にとって、晴れがましく、光栄な事実だった。

満足感が、フンワリと身体の芯に染みていく。

「えへへ。そうなの？　私のアソコ、気持ちがいいの？　うれしいな」

「ああ、僕もうれしい。僕の妹は、綺麗で、かわいくて、最高だ」

「ああもう……やだなぁ……お兄ちゃん、カッコイイんだもん……」

亜梨栖は、意識的に膣ヒダを締めた。こうすると、膣肉にはまりこんでいる男根の深度がよりいっそう深くなり、俊也が気持ちよさそうに顔を歪《ゆが》める。

「うっ、締まるっ、うっ、うっ」

亜梨栖はもう、自分の意志で膣ヒダをうごめかせることができるようになっていた。

「お兄ちゃん。大好き……もっともっと、気持ちよくなって……私の身体で、気持ちよくなって……私、お兄ちゃんと、こうして、るのが、幸せ、なの……」

亜梨栖は、もっと深くペニスを味わおうとして、下肢を俊也の腰に巻きつけて、腰をクナクナ揺らしている。

俊也は、誘うようにぷるぷると揺れる乳房の谷間に顔を埋めると、胸の谷間をぺろっと舐めた。薄赤く残った緊縛痕を熱くて柔らかい舌の先が舐めまわしてくると、ゾクッと来る快感が身体の芯を走り抜ける。

「あ、はぁんっ……く、くぅ……お兄ちゃぁんっ。だめ、だめぇ……」

亜梨栖が悶えるにつれて、膣ヒダが男根に巻きつきながらギュルギュルーッと締まる。亀頭を引っ張りこむような動きに煽《あお》られて、俊也は、ゆっくりと抜き差しをはじめた。

亀頭がコツンと子宮口を突きあげるとき、亜梨栖がひっと喉で鳴き、膣ヒダをキュッキューッと締める。

「ぁあっ、いいっ、いいのぉっ……やっぱり、お兄ちゃんのチ×ポがいいのぉっ!!」

ローターの刺激は強烈だが単調だ。やっぱり俊也のペニスがいい。

甘い刺激に、二人の体が溶けて崩れて、一個のカタマリになってしまいそうだ。

「うっ、あ、亜梨栖……くっ、くっ」

ぐじゅっ、くぷっ、にちゃっ、くちゅっ、ぬちゃっ。

抜き差しに従って、結合部が複雑な音をたてる。

とろけそうなほど気持ちがよく、いつまでもいつまでもこの快感に浸《ひた》っていたいと思ってしまう。

「あっ、あんっ、ん、んんっ、いいっ!! いいのぉっ。お兄ちゃぁんっ……スゴイよぉ……ひっ、ひぃ、ひぃいぃっ……」

「ど、んな、ふうに……いいんだ?」

「クリがね。ヘアに、ザリッて、こすれて……子宮が、ビリビリッて……うっ、あうっ!!」

子宮口を強くノックした亀頭が、Ｋスポットを的確にえぐった瞬間、グウッと身体が空に向かって放りあげられる。

空がカッと銀色に光る。

まぶしくて目を開けていられない。

「ひっ、イ、イクゥッ!!」

亜梨栖は身体をガクガクッとケイレンさせた。十四回目のオーガズムは、深く濃く、彼女の身体に染みていく。


「クッ」

俊也は、ドアノブをまわすみたいによじれてきた膣ヒダの収縮をやりすごしてから、亜梨栖の下肢を肩の上に乗せ、下半身を抱えあげる。

その状態で、上から押しこむようにしてぐっぐっぐっと律動する。女体を腰からふたつ折りにするようなこの姿勢は、子宮がダイレクトに刺激されるため、亜梨栖が最も感じる姿勢だ。

「あ……ふぅ、ん?　お、お兄ちゃんっ。だめぇえっ」

さっき絶頂を迎えたばかりだというのに、亜梨栖はもう今にもイキそうに顔を歪《ゆが》めている。

「ま、また、イクよぉっ!!　も、もう、死んじゃう、よぉ……」

「ぼ、僕も……も、もう、少し……みたいだっ」

亀頭で子宮口をグリッ、グリッとえぐるたび、膣ヒダがタコの足を巻きつけて引き絞るように締まる。子宮頸管粘液《しきゅうけいかんねんえき》がドロリと溢れ、腰の奥がカッと熱くなる。

律動がどんどん速くなっていく。

激しい突きあげに耐えきれないらしい亜梨栖が頭をガクガクさせている。

「お、お兄ちゃんっ。う、うれしい……。いっぱい、いっぱい、精液を、くださいっ!!」

射精が近いことを悟った義妹が、身体全体を激しくケイレンさせた。膣ヒダがギュルギュルギュルルーッと締まる。

「イッちゃぅぅうううううっ!!」

陰嚢《いんのう》のなかの精液さえも吸いだそうとするかのようなその動きに、俊也も欲望を解放した。

ドクッドクドクッ、ドブッ!

長い長い前戯を経て、ようやく精液を与えてもらった女体が歓喜し、精液を一滴残らず子宮内に入れようと膣ヒダをうごめかせる。

俊也は、目の裏が真っ白になるような射精の快感に浸《ひた》っていた。

200X年5月27日

いちご、もらった。

Syunがくれたいちごのおもちゃ、楽しい。

Synと、いっぱい、いっぱい、遊びたい。

でも、疲れた。。。。

でも、遊びたい。。。

Syun好きだよ。

Loveしてる。

Last updated 200×5.27 23:33:14
ｺﾒﾝﾄ(0) | ﾄﾗｯｸﾊﾞｯｸ(0) | ｺﾒﾝﾄを書く

エピローグ　義妹は無邪気な恋天使

——遅いなぁ……。

亜梨栖はいつもこうだ。約束の時間に来たことはない。十分や二十分の遅れはデフォルトだ。それを見越して遅く来ればいいようなものだが、律儀《りちぎ》な俊也は時間ぴったりに来ていやになるほど待たされるはめになる。

「お兄ちゃんっ。待ったぁっ」

髪のリボンをひるがえしながら、亜梨栖が走り寄ってきた。ほっそりした身体にフリフリワンピースが似合っている。髪のリボンがひらひらと風に揺れる。

まるで絵本から抜けでたような、現実離れしたかわいらしさに、道行く男どもが目を奪われている。

ショッピングモールからファミレス、マンションへと通じるこの道を、エッチなお散歩をしたのは一カ月半ほど前のことだった。

あれから亜梨栖は、いっそうかわいく美しくなった。

梅雨《つゆ》のさなかだというのに、今日は天気がよくいい感じに暖かい。亜梨栖の髪が、太陽を跳ねかえしてキラキラ光る。

「ああ。すっげぇ待った。百日ぐらい待ったかな」

「あははっ。大げさーっ。二十分ぐらいでしょーっ。ごめんねぇっ。あっちゃんたちと盛りあがっちゃって。セリったら、亜梨栖ちんって学校じゃすっげぇ大人しいのに、私たちと一緒のときにはにぎやかだねーって言うんだよ」

亜梨栖ははぁはぁと息を切らしている。よほどカラオケが楽しかったのだろう。かすれた声が弾んでいた。

俊也は、亜梨栖と肩を並べて歩きだす。

「義母さんが喜ぶプレゼントってなんなのかな?」

「ハンコペン」

「ああ、なるほど」

俊也は、一カ月ほど前病院で見た、休憩中の義母を思いだした。白衣の胸ポケットに、やたらと太いペンが差してあった。

「病院で、カルテとか申し送り書とか薬剤指定書だとか、しょっちゅうハンコ押すんだって。すぐにダメになっちゃうから、誕生日プレゼントの定番なの。秋川のハンコ使いはじめてそんなに経ってないから、今年は一本だけでいいと思うけど。あとはノド飴とハンカチとバスソルト」

「そんなんでいいのか？」

「いいんだよ。高いものはお義父さんがプレゼントするよ。だって、お義父さん、お母さんにゾッコンなんだから。あとはカレーの材料。辛いやつね。プレゼントをかわいく包装するのは私がやるから、カレーつくるのはお兄ちゃんねーっ。お兄ちゃんのカレー、おいしいんだよねー。あ、そうだ。私、プリン、作るね。お母さんが好きなの。作り方教えてね」

「うちの家族、みんなプリンが好きだよな」

――おい。秋川がいるぜ。

――制服も似合うけど、私服もかわいいな。プロポーションがいいよな。

――ああ、そうだな。グラビアアイドル並みじゃねぇの。

ささやく声が聞こえてきた。同じ高校の男子生徒が、亜梨栖を見てウワサし合っている。

亜梨栖は、恥ずかしそうに頬を染めながら、男どもに向かって小さくおじぎをした。

そして、照れくさくてならないとばかりにうつ向きながら、両手で頬を押さえる。ダメ押しとして俊也の背中にそっと隠れた。

その様子は、守ってあげたい系の内気少女そのもので、男どもがうおーっと声にならない声をあげる。

俊也は、笑いだしそうになったが、ぐっと我慢した。亜梨栖はアイドル扱いされることがよほど気持ちがいいらしく、人目のあるところでは大人しい美少女を演じている。

前のような、コンプレックスによる引っこみ思案ではなく、痩せてることに慣れ、自分のかわいさを知っているうえでの熱演だ。義母が予言したように、ラブレターも楽しそうにコレクションしている。

清楚《せいそ》な外見をした学園のマドンナの、本当の姿を知っているのは俊也だけだ。

――横の男、誰だ?

――知らないのか、兄だってさ。秋川って、オクテでブラコンなんだとよ。

――ああ、なるほど、たしかに似てるな。

俊也と亜梨栖は、血のつながりはない。

だが、同じ時間を重ねるうち、似た空気をまとうようになった。顔立ちまでも似て見えるだから不思議なものだ。

――あのお兄さん。すげぇやさしくて、女どもの間で人気なんだとよ。ウチの姉ちゃん、秋川くんってステキって、目をハートにして言ってたぜ。

――そりゃ、あんな兄ちゃんがいるんなら、秋川がブラコンになるのもわかるよなー。

男どもは、雑談しながら行ってしまった。

俊也は、亜梨栖を調教したのだと思っていた。

だが、逆かもしれない。

亜梨栖のおかげで俊也は変わった。

亜梨栖に釣り合う存在になろうとがんばったおかげで、ウソのように成績があがった。自信がついたせいか姿勢がよくなり、身長までも伸びて見える。

わがままな亜梨栖に振りまわされるうち、女の子の扱い方をマスターしてしまい、女子生徒からやさしい男の子だとウワサされるようになった。

ＴＯＥＩＣは先週受けた。ＴＯＥＩＣの受験勉強が成績を押しあげて、英語の成績は学年トップクラスだ。

「お兄ちゃん。浮気したらコロスからね」

亜梨栖が黒いセリフを、甘い声でつぶやいた。

「浮気なんかしないよ。おまえほどエッチな子、ぜってぇ他にいねぇもん。うおおっ。僕は亜梨栖に調教されてしまったぁっ!!」

「なによっ。エッチなのはお兄ちゃんのほうでしょ？　私はお兄ちゃんの好みになろうって思っただけだよ」

亜梨栖は腕をとって肩に頬をつけてきた。

「明日は二人きりだねー。いっぱいプレイしようね。すっごい楽しみーっ」

亜梨栖は無邪気に笑った。

200X年7月1日

プリnを作った。

今日ゎ、プリnを作った。

一生懸命作ったのに、ぱすぱすで、おぃしくなかった。

ぁたしゎ、ごめんって、ぁやまった。

Syunに、おぃしぃプリn、食べてもらぃたかった。

お母さnの誕生日だったから、お母さnたちのぶnも作ったけど、

ぁたしは、Syunに、手作りしてぁげたかったんだ。

けど、Syunゎ、ちゃんと食べてくれた。

ぁりすが一生懸命、作ったnだからって。

ちょっと泣いた→ぁたしは、バカだ。

Syunゎ、ぁたしを食べるから、いいよって。

キスしてくれたょ。

ぁたしゎ、しぁゎせだ。

Syun、大好きだょ。

ずっといっしょにぃようね。

Last updated 200X.7.1 16:19:51

ｺﾒﾝﾄ(0) | ﾄﾗｯｸﾊﾞｯｸ(0) | ｺﾒﾝﾄを書く

美少女文庫
FRANCE SHOIN

My《マイ》 妹《マイ》

著者／わかつきひかる
挿絵／みやま 零（みやま・ぜろ）
発行所／株式会社フランス書院
〒112-0004 東京都文京区後楽 1-4-14
電話（代表）03-3818-2681
（編集）03-3818-3118
URL http://www.france.co.jp

印刷／誠宏印刷
製本／宮田製本

ISBN978-4-8296-5809-3 C0193

美少女文庫
FRANCE SHOIN

◆◇◆ 好評発売中！◆◇◆

美少女文庫
FRANCE SHOIN

◆◇◆ 好評発売中！◆◇◆

原稿大募集 新戦力求ム!

フランス書院美少女文庫では、今までにない「美少女小説」を募集しております。優秀な作品については、当社より文庫として刊行いたします。

◈応募規定◈

★応募資格

※プロ、アマを問いません。
※自作未発表作品に限らせていただきます。

★原稿枚数

※400字詰原稿用紙で200枚以上。
※フロッピーのみでの応募はお断りします。
必ず**プリントアウト**してください。

★応募原稿のスタイル

※パソコン、ワープロで応募の際、原稿用紙の形式にする必要はありません。
※原稿第1ページの前に、簡単なあらすじ、タイトル、氏名、住所、年齢、職業、電話番号、あればメールアドレス等を明記した別紙を添付し、原稿と一緒に綴じること。

★応募方法

※郵送に限ります。
※尚、応募原稿は返却いたしません。

◈宛先◈

〒112-0004　東京都文京区後楽1-4-14
株式会社フランス書院「美少女文庫・作品募集」係

◈問い合わせ先◈

TEL: 03-3818-3118
E-mail: edit@france.co.jp
フランス書院文庫編集部